Clothes for a Summer Hotel

여름 호텔을 위한 의상

영혼극
Ghost Play

Clothes for a Summer Hotel
여름 호텔을 위한 의상

테네시 윌리엄스
김정학 옮김

곰곰나루

차례

작가노트 · 7

등장인물 · 9

무대해설 · 10

제1막 · 13
제1장 · 14
제2장 · 60

제2막 · 81
제1장 · 82
제2장 · 131

옮긴이의 말 · 147

지은이 약력 · 150

이 작품은 '영혼극'이다.

물론 어떤 의미에 있어서 모든 연극은 '영혼극'이라고 할 수 있다. 왜냐하면 배우들은 그들이 연기로 보여주는 실제의 그 인물이 될 수 없기 때문이다.

우리가 이 작품에서 시간과 장소에 있어 특별한 파격을 택한 이유는 정신병원과 정신병원의 뜰에서는 이러한 종류의 자유가 매우 빈번히 벌어지고 있기 때문이다. 뿐만 아니라, 이러한 자유는 우리로 하여금 우리가 믿는 것은 등장인물의 진실이라는 사실을 더 깊이 탐구하게 만들기 때문이다.

그래서 우리가 매우 진지한 것으로 생각하는, 어떤 목적을 지닌 파격을 통해 여러분들이 우리 모두를 만족시켜 주길 바란다.

　　　　　　　　　　　　　　　— *테네시 윌리엄스*

---

* 작품의 진한 글씨는 매니아(mania) 상태의 대사이다.
* 대사 중에서 프랑스어 표기 부분은 원어대로 발음할 수 있게 표기했다.

- 스코트 피츠제럴드
- 수녀1
- 수녀2
- 제럴드 머피
- 젤다 피츠제럴드
- 인턴
- 베키
- 사라 머피
- 닥터 젤러
- 부-부
- 부-부의 간호사
- 에듀아르(인턴 역과 같은 배우)
- 패트릭 캠벨 부인
- 어네스트 헤밍웨이
- 해들리 헤밍웨이
- 흑인 여가수
- 무용수들
- 파티에 참석한 여러 손님들

무대는 젤다가 마지막으로 갇혀 있던 정신병원
(노스캐롤라이나의 애쉬빌 근처, 바람이 몹시 부는
언덕의 하일랜드 병원) 건물의 정면에서 조금 아래
로 내려온 장소. 그곳은 고딕풍으로 보이는 검은 철
제대문을 통해서만 드나들 수 있으며, 비사실적일
정도로 크고 높다랗다.

막이 오르면 3개의 다른 세트가 서 있다. 무대의
아래쪽에는 어두운 녹색의 벤치가 있으며, 그것 바
로 뒤, 약간 오른쪽으로 기울어진 곳엔 불꽃처럼 보
이는 붉은 나뭇잎 한 더미가 나풀거리며 매달려 있
다. 무대의 반대편은 병원 잔디밭으로 꾸며져 있는
데, 그곳에는 큰 바위 하나가 자연스레 놓여 있다.
그 바위는 후에 젤다와 에듀아르의 장면에서 바다
위의 벼랑으로 사용될 것이다.

병원 건물의 문은 출입구가 사실적으로 디자인
되어 있다. 다시 말해서 건물 전체가 한눈에 들어
오고, 3층 방이 보인다. 창살 쳐진 그 방에는 인슐
린 쇼크를 받은 환자들과 젤다가 갇혀 있다. 그 방
에서 젤다와 인슐린 쇼크 환자들은 1948년 봄에

'형체를 알아볼 수 없을 정도의 재(灰)'로 변해버렸다. 스코트 피츠제럴드는 1940년 12월 캘리포니아 할리우드에서 죽었다.

이 작품은 등장인물 속으로 더 깊숙이 꿰뚫고 들어가고, 각 장면마다 시간의 경과를 뛰어넘으려 하기 때문에 『카미노 리얼(Camino Real)』*의 여러 요소와 비교되는 연대기적인 파격이 있다. 그래서 '영혼극'으로 간주되어야 한다.

바람이 몹시 부는 언덕은 '선셋(sunset)'이라 했다. 또한 마지막 장면의 지는 해는 창살 쳐진 3층 방의 창문에 강렬하게 반사되어야 한다.

등장인물들은 연극이 진행됨에 따라 그들 자신이 '유령 상황'에 빠져 있음을 더욱 분명히 알게 될 것이다.

---

* 『카미노 리얼』 : 테네시 윌리엄스의 장막극으로 1953년 초연됨. '카미노 리얼'은 미국 남서부 뉴멕시코의 주도인 산타페에서 멕시코 북부의 치와와 주에 이르는 고속도로를 뜻함. - 옮긴이

제1막

제1장

막이 열리면, 스코트 피츠제럴드가 병원 문 앞에 서 있다. 그가 죽은 40대 중반 때의 모습. 어느 정도 무딘 성격. 어쭙잖은 모습이다. 그러나 어떤 완고함과 특유의 깊은 감정이 묻어난다.

수녀1　　만약에 선생께서 기다림에 지쳐버리신다면….

스코트　　(말을 끊으며) 그래요. 난 지쳤지만, 그녀가 날 기다리는 한 계속 기다릴 겁니다.

(잠시 사이, 바람소리가 들린다.)

수녀2   최근에 간부들 사이에서, 좀 더 쾌적하게 보이도록 정문을 붉은 색으로 칠했으면 어떨까 하는 얘기가 있었어요.

수녀1   환자뿐 아니라, 이곳을 찾아오는 손님들을 위해서지. 어때요? 붉게 칠해야 한다고 생각하세요?

<u>스코트</u>   아니.

수녀1   왜죠?

<u>스코트</u>   난 별 차이가 없다고 생각해요.

수녀1   건물이 붉은 색이잖아요.

<u>스코트</u>   그렇죠?

수녀1   네?

<u>스코트</u>   붉다구요.

수녀1   아, 예, 붉죠. 검붉은 색이에요.

<u>스코트</u>   어떤 곳은 불에 그을린 것처럼 시커멓게 보이는군요.

수녀1   뭐라는 거지?

수녀2   무슨 뜻인지 모르겠어요, 바람소리 때문에.

수녀1   그렇다면, 그게 선생님의 의견이신가요?

스코트 뭐라구요?

수녀1 쾌적한 느낌을 주기 위해서는 붉게 칠해서는 안 된다, 이 말이죠?

스코트 솔직히 말하자면….

수녀1 예?

스코트 쾌적한 인상을 주기 위해서라면, 나 같으면 먼저 당신들을 문에서 떼놓기부터 할 거요.

수녀1 오, 안 돼요. 우리는 정문을 닫는 저녁때까지 여길 지켜야 하거든요.

스코트 그렇다면 당신들이 흰색과 푸른색이 조금씩 섞인 붉은 수녀복을 입는 게 어떨까요. 이들의 옷에 별을 수놓아 주소서! 오, 주 예수 그리스도여!

(수녀1, 가슴에 성호를 긋는다.)

수녀2 뭐라는 거예요?

수녀1 주 예수 그리스도의 이름을 불렀어.

(수녀2도 성호를 긋는다. 제럴드 머피가 스코트의 뒤편에 등장.)

머피   저들에게 말해봤자 소용없어, 스코트.

스코트   머프!

머피   그건 1시간 45분이 지나면 모두 끝나버릴 거라구.

(머피, 손목시계를 본다.)

스코트   그것? (머피가 고개를 끄덕인다. 스코트, 비틀거린다. 스코트의 팔을 잡는 머피.) 취한 게 아냐. 피곤해서 그러는 거지. 네가 '그거'라고 했지? '그게' 뭐지?

스피커의 목소리 *La qusetion est defendue*[라 께스지용 에 데 팡뒤 : 질문 금지].

스코트   사라는 자네와 함께 있지, 머프?

머피   그래, 그녀는 여인숙으로 되돌아갔어. 너도 알잖아, 파인 글로브 여인숙 말이야.

스코트   물론 나도 알고 있지. …그 음산한 곳.

머피	조금 쉬는 게 좋다고 해서. 여행길에 매우 피곤했나 봐. 생각해 보니까, 의외로 오래 걸렸어.
스코트	(멍하니 있다. 당황하면서 고개를 끄덕인다.) 그래, 난….
머피	사라는…. 사라가 젤다를 얼핏 봤다더군. 발레 연습을 하고 있는 젤다를 말이야.
스코트	어디서?
머피	진료실에서.
스코트	아, 그랬구나, 미안해. 난 또….
머피	너 역시, 그게 분명 긴 여행임을 느꼈나 보군.
스코트	길고…. 사람을 지치게 하는…. 난 오후와 밤이 지나면 돌아갈 거야. (머피, 고개를 끄덕인다.) 그래, 사라는 젤다를 봤대?
머피	젤다가 연습하는 모습을 봤다는 거지.
스코트	발레….
머피	스코트? 사라는 몹시 마음 아파했어. 네가 젤다를 만날 때를 대비해서 내가 얘기해 주는 편이 낫겠지? 스코트, 사라는 울음을 터뜨렸지. 스코트? 넌 젤다보다 네 자신을 위해서 이곳에 자주 와 보려 노력해야 한다구. 젤다는 우리가 나

중에야 겪을 환상의 세계에서 살고 있어.

수녀1   위험한 생각이야.

수녀2   위험천만이지.

　　　　　(두 남자는 서로 의미심장한 눈빛을 나누고 있
다. 헛기침을 하는 스코트. 머피는 떨어진 낙엽들
을 발로 툭툭 차고 있다.)

머피   뭐더라? 그래, 지금 웨스트 코스트에서 일하
고 있다면서. 맞아? (스코트, 별 생각 없이 고개
를 끄덕인다.) 지금 자주 젤다를 볼 순 없겠군.
젤다가 겪은 변화를 보면 매우 놀랄 거야. 그녀
는 인슐린을 복용하고 있어. 그래서 그런지 체
중도 늘고. 그리고, 의사들 말도 잘 듣지 않고….

스코트   나도 알고 있어. 의사들이란….

머피   그 이유가 뭔지 의사들이 너한테 얘길 해줄
거야.

스코트   니가 듣기 좋으라고, 자기네들 맘 내키는 대
로….

머피   물론 이해해. 하지만 넌 젤다의 현실이 우리

와는, 그렇지, 우리네 환경과는 너무나도 다르다는 걸 분명히 알고 있어.

스코트   젤다는 아직도 발레에 미쳐 있어. 어떤 일이라도, 아직까지는, 더군다나 춤을 직업으로 삼는다는 건 바람직하지 않아. 슬프게도 말야.

머피   스코트, 우린 젤다가 '발레를 계속했어야 했는데' 하고 느낀다구. 왜냐하면….

스코트   나는 그녀가 작가로서 성공한 나와 겨뤄보려는 생각 자체를 못하게 했지. 그렇지만 너무 일렀던 거야. 내가 지금 그 문제에 맞서고 있는 중이니까, 이제야 그걸 위해 피를 흘려야만 한다구. 젤다의 글을 본 적이 있어?

머피   그래. 젤다는 글쓰는 데도 재주꾼이야. 네 소설 『밤은 부드러워』가 나오기까지는 그녀가 자기의 소설 『왈츠를 나와 함께』를 출판하지 않겠다는 약속을 했다고 네가 얘기해 줬잖아.

스코트   변명을 못하겠군. 내가 그랬지. 그녀의 치료비와 배써 칼리지에 다니는 스코티의 학비를 마련해야 했으니까. 그리고… 내가 해냈지. 젤다 소설의 소재는 거의 대부분 내 것이었고, 그녀는 그걸 자기 소설에 그냥 삽입해 버린 거라구.

아름답긴 했지만 허리멍텅하고 특색이 없었어.

머피   성질하고는. 그래, 죄다 네 거다! (외면한다.) 난 생각해. 모든 작가들은 맨 먼저 아니면 맨 마지막에 자기방어를 할 거라고 말이야. (머피는 무대를 가로질러 나가버린다.)

스코트   어디로 가는 거야, 머프? (머피의 대답은 분명치 않다.) 저치들은 날 떼어놓고 가만히 가버린다구. …여긴 뭔가 이상해…. 현실이 아닌 것 같기도 하고…. 마음이 어지러워!

진료실에서 들리는 젤다의 목소리   *Un, deux, pliez, un, deux, pliez, etc*[엥, 되, 플리에, 엥, 되 플리에].*

(코트깃을 세우는 스코트, 떨고 있다.)

수녀1   여긴 바람이 차요. 그녀가 연습을 마칠 때까지 안에 들어가서 기다리실 수도 있는데요.

스코트   젤다! 나야, 스코트!

---

* 발레 용어

(잠시 사이)

젤다의 목소리   그이라고? 믿을 수 없어! 꿈일 거야….

(다시 사이. 그때 젤다가 투투*를 입고 병원문 앞에 나타난다. 회색빛이면서 흙투성이의, 더러워진 차림이다.)

젤다   날 찾아온 손님이라구? 어디?

(머피가 젤다의 고함소리를 듣고 다시 나타난다.)

스코트   오, 맙소사! 저게 머프? 저게?

머피   젤다.

수녀1   미스 젤다, 코트를 입으세요.

수녀2   날씨가 차요.

젤다   난 나가지 않을 거예요. 내가 왜 나가야 하죠?

———————

* 투투(tutu) : 허리에서 수평으로 펼쳐진 발레용 짧은 치마

수녀2	손님이 기다리고 계세요.
젤다	어떤 손님?
수녀1	당신 남편.
젤다	믿을 수 없어요.
수녀1	봐요, 벤치 옆에 있는 저 사람이에요.
젤다	아냐, 아냐, 아냐! 사기꾼! 스코트와는 조금도 닮지 않았어.

(젤다는 성이 난 채 몹시 어지러워하면서, 병원으로 다시 달려 들어간다.)

스코트	저건 유령의 모습이야. (눈을 감는다.)
머피	분명히 젤다는 자넬 알아보지 못했어, 스코트. 자넨 매우 잘 생긴 청년이었지. 그렇지만…. 세월은 흐르는 법.
스코트	무자비하지만 그랬지. 머프, 넌 날 두고 가면 안 돼. 난 혼자 이 일을 감당할 수 없다구!
머피	어쩔 수 없이 그래야 하는 걸.
스코트	산산조각이 나버릴 거야. 엉망진창이 돼버렸다구.

머피   수많은 금이 가 있는데, 하나 더해서 뭐해? 그래 봤자 티도 안 날 텐데.

스코트   좋아. 빌어먹을! 자네의 판단은 잔인해.

머피   우린 때때로 한마음이 될 필요가 있어. (머피는 낙엽에 신경을 쓰면서, 다소 괴이한 영혼의 소리인 듯 뒤돌아보며 소리쳤다.) 젤다하고 같이, 너 오늘밤 별장에서 열리는 무도회에 올 거야?

        (이 말은 거의 바람소리에 묻혀버린다.)

스코트   무도회? 어디서?

        (젤다가 코트를 입은 채, 인턴과 같이 병원 입구에 다시 나타난다.)

젤다   어떻게 해야 하죠?

인턴   조심스럽게. 조심스럽게.

젤다   조심스러운 것은 매의 습성이 아니에요.

        (그녀는 코트의 깃을 목까지 바짝 끌어당긴다.

충격을 받았는지 두 눈을 크게 뜨고 있다.)

스코트   (무대 앞에서 부른다.) 젤다, 당신이야?

젤다   한때는 매력 있던 내 남편의 슬픈 비웃음에 대답해야 하나요?

        (고개를 끄덕이는 인턴, 젤다의 팔을 꽉 잡고 있다.)

스코트   당신, 이리 내려와. 보고 싶어. 몇 시간을 기다 렸는지 몰라.

젤다   (소리친다.) 몇 시간, 고작 몇 시간. (인턴 쪽으로 돌아선다.) 만날 수 없어요. 그는 후회할 거라 구요.

인턴   젤다, 만나야만 해요.

젤다   마치 실제로 있었던 것처럼.

인턴   잠시 뒤면, 있었던 일처럼 느껴질 겁니다.

젤다   난 그걸 내 맘속에 간직하고 싶지만, 내 정신은 지금의 일들을 기억하고 있지 않아요. (가볍게 앞으로 나오며) 내가 원할 때, 도와주실 수 있어요?

인턴　　　그래요. 자, 밖으로 나가세요.

젤다　　　두려워요.

인턴　　　당신은 자신이 용기를 갖고 있다는 걸 모르고
　　　　지내왔군요.

젤다　　　그런 용기는 이제 내게 없어요.

인턴　　　망설이지 말아요! 희망을 포기하지 말라구요.
　　　　난 조금 떨어져서 뒤를 따라가겠습니다. 혼자서
　　　　그이를 맞이해야 해요. *à bienfôt*[아 비엥또 : 좀 있
　　　　다 봐요].

스코트　　　(외치듯) 젤다?

　　　　(인턴, 문을 닫으며 병원 안으로 퇴장. 젤다는
　　　　내리막을 천천히 걸어 무대 앞으로 나온다. 무거
　　　　워진 체중과 볼품없는 옷차림에도 불구하고, 그
　　　　녀는 어떤 광기와 불안으로 정화된 듯한 장엄함
　　　　을 지닌 채 다가온다. 눈을 크게 뜨고 있는 젤다.
　　　　스코트는 불길이 타오르는 듯한 그녀의 눈앞에서
　　　　거의 버틸 수 없는 지경이 된다.)

젤다 　스코트. 맞아요, 당신? 당신이 내 법적 남편, 내 인생의 창조자인 고명하신 스코트 피츠제럴드 씨인가요? 말씀드리기 미안하지만, 지금은 당신인 줄 알아보기 어렵군요. 왜 내게 이런 놀라운 만남을 미리 가르쳐주시지 않았나요, 스코트?

스코트 　의사들이, 당신 건강이 놀랄 만큼 좋아졌다고 해서, 난, 갑자기… 왔소.

젤다 　정확한 진단은 아닌걸요. …당신은 쌀쌀한 가을 오후에, 철에 맞지 않은 옷은 입지 않아요.

스코트 　글쎄, 의사하고 얘기를 나눌 때 난 웨스트 코스트와 여기의 기온 차이를 잊어버렸다니까. 비행기를 타면서는 괜찮을 거라 생각했는데…. 공항에서 여벌 셔츠를 하나 샀지.

젤다 　좋아요. 알았어요. 그래서 당신이 여름 호텔에 숙박료를 지불할 사람처럼 보이는군요.

스코트 　괜찮아, 젤다.

젤다 　스코트, 괜찮다구요?

스코트 　난 내일 돌아가야 해요. 그렇게 쌀쌀하게 대하지 말고, 키스하게 해주오.

(그는 젤다에게로 가서 보란 듯이 포옹을 하고 어색하게 입을 맞춘다.)

젤다   저….

스코트   난 그걸 어디까지나 형식적인 반응쯤으로 생각할 거요.

젤다   그리고 난, 기대치는 않았지만, 아무런 의미도 없는, 어쨌든 날 감싸주는, 결국, 상투적인 제스처라고 생각할 거예요. (스코트, 고통스러운 듯 물러선다. 반면, 젤다는 얼굴 가득 잔인한 인상을 지으며 웃는다.) 미안해요, 우리가 편지 이상을 주고받은 지 오랜 시간이 흘렀어요…. 그리고 당신, 내일 돌아간다구요? 그렇다면 우리 사이를 새롭게 해줄 시간은 오늘 늦은 오후뿐이군요.

스코트   (불편해 하며) 태평양 해변에서 벌어지는 영화판의 일은 정말 가혹할 정도로 힘들어. 비인간적일 정도라니까. 사람들은 그런 걸 아는 체하지만, 실제로 그렇게 느끼는 그렇게 사람은 하나도 없어. 아예 느끼려 하지 않는 것 같아.

젤다   사람들은 그 일을 두고 '못 믿을 세상'이라고 하진 않나요? 그거 역시 일종의 정신병동 아닌 가요? 당신은 그곳에서 맡은 일을 하고, 난 여기를 지켜야 해요.

스코트   난 그런 꽉 짜인 스케줄 속에서 일하고 있어. 염려 마. 당신에게 전해줄 빅뉴스가 있어. 결국 새 소설을 한 편 완성했다구. 그리고 그건 나의 대표작이 될 거야. 『위대한 개츠비』와는 좀 대조적이지만, 정서적으로는 『밤은 부드러워』를 겨냥하는….

(사이)

젤다   …좋군요…. 거기에 저도 나오나요?

스코트   바로 알아볼 수 있을 정도는 아니지.

젤다   좋아요. 그러면 지금 우리 계획은 뭐죠? 우린 그걸 위해 정신을 쏟고, 세속적인 욕망을 위해 시궁창 속으로 뛰어들어야 하나요, 스코트?

스코트   우리 둘 사이에서 그건 진정 중요한 일은 결코 아니었어. 아름답긴 했지! 그래, 그것보다는 덜 중요한 거지.

젤다	(공격적인 외침으로) **당신에게 중요한 건 끊임없이 집착하고 정신을 못 차릴 정도로 뭔가에 빠져드는 것이었어!**
스코트	난 이런 흥분된 분위기에서 당신을 만날 거란 기대는 하지 않았어. 젤다, 당신 주려고 작은 선물을 하나 가져왔지. 당신이 잃어버렸던 것과 똑같은 새 결혼반지야.
젤다	난 그걸 잃어버리지 않았어요, 스코트. 난 그걸 멀리 던져버린 거예요.
스코트	왜 그랬지, 당신? 어떻게 그럴 수가 있어?
젤다	스코트, 우린 더 이상 실제로 결혼한 사이가 아니에요. 그리고 내가 경멸하는 건 가식이에요.
스코트	난 그걸 그런 식으로 보지 않아.
젤다	여태까지 내가 이곳에 갇혀 있는 데 대한 대가를 당신이 다 지불했기 때문인가요? 고통의 대가로는 엄청난 금액이지요.
스코트	당신은 늘 이곳으로 돌아오길 원했어. 하지만, 당신은 강제로 여기에 오진 않았어, 젤다.
젤다	난 오로지, 어머니의 역할과 알리바마 몽고메

리의 풍습들이 나한테 벅차다고 알게 되었을 때 이곳으로 되돌아온 거예요. 난 지금 동네에서, 정신병자로 손가락질 받고 있어요.

스코트   젤다, 이유가 어떻든 당신이 선택해서 되돌아온 거야. 그런 걸 갇혀 있다고 말하지 말아요. 그리고, 심지어 당신이 새 결혼반지를 원하지 않는다 할지라도, 그건 아직도 늘 즐겁고, 사랑스러운 과거가 담긴 약속의 반지인 거요.

젤다   전 그걸 원하지 않아요. 그걸 갖지 않을 거란 말이에요.

스코트   (좌절하듯 한숨을 쉬며) 물론 우리는 물질적으로 맺어진 건 아니야. 하지만 "산다는 건 엄밀한 관찰이지, 가끔씩 쓰는 편지 따위가 아니야"라든가, "발가벗고 바위를 박차고 나와 헤엄치는 걸 얼마나 싫어했는지!"라거나, "열쇠가 자물쇠를 잠그는 걸 기억하지? 그러나, 당신은 그 무엇도 더 좋아하지 않았지?" 등등의 기억들을 가지고 있잖아, 우리는.

젤다   아니에요, 결코! 스코트, 지나가버린 낭만적인 기쁨을 이야기하면서 내 마음을 어지럽히지 마세요. 아녜요, 여보. 너무 늦었어요.

스코트   난 당신이 이렇게도 차갑고, 격렬한 태도로 날 대하리라곤 생각지 않았어!

젤다   같이 살아온 지난 세월속에서, 당신은 결코 발견하지 못했어요. 자신의 작품만을 위해 세속적으로 자신의 인생을 살아가는 남편처럼, 나도 포식자인 매의 눈을 가지고 있다는 걸 말예요. 가엾은 스코트. 당신은 몽고메리의 미녀에게 청혼하기 전에 프린스턴 대학에서 조류학 공부를 조금이라도 했어야 했어요.

스코트   난 내가 다닌 시절의 프린스턴 대학 커리큘럼에 조류학 과정이 있었는지조차도 모르겠어!

젤다   (괴로워하며, 넋 나간 듯 둘러보며) 정말 안 됐네요! 당신 스스로 그 예술성을 전부 아껴둘 수 있었을 텐데⋯. 그리고 나도 그럴 수 있었을 텐데⋯.

스코트   무슨 소린지 들리지 않아. 당신이 큰소리로 얘기할 때 말고는 바람은 당신의 말소리를 멀리 날려보내 버리는군. 여기는 늘 바람이 이렇게도 심하게 부나?

    (바람이 분다.)

젤다   이 수용소가 세워진 선셋 언덕은 수녀들의 옷이 음침한 만큼, 붉은 옷을 입은 불꽃같은 여자들을 채찍질하는 바람을 대부분 낚아채는 가장 높은 곳이죠. 그게 바로 당신이 날 가둬두기 위해 이곳을 택한 이유가 아닌가요? (스코트, 팔을 벌리고, 벤치를 가리키며, 그녀에게로 온다.) 당신, 역시 발레 공부를 하고 있죠?

스코트   (웃으려 하며) 나, 발레 공부?

젤다   클래식 발레에서 본 듯한 몸짓을 했어요, 방금. 내게로 두 팔을 벌리고, 그러고는 내가 다시는 가까이 가지 않을 저 벤치로 오른팔을 벌리면서.

스코트   자, 자, 젤다. 그만하고 이리 와!

젤다   옆에 수풀이 있어서, 그 벤치에는 안 갈 거예요. 나는 성경*에서 작은 안식처를 구할 뿐이라구요.

베키   (무대 밖에서 소리만 들린다.) 할로우의 머리카락, 그 하얀 머리, 그 물날린 머리! 우리집은

---

* OT(Old Testament) : 성경. 작업치료(Occupational Therapy)의 중의적 표현

골드윈의 집하고 한 블록 거리밖에 안 돼요….

(젤다는 정신병동의 현관으로 황급히 뒷걸음질을 친다. 스코트, 그녀를 붙잡는다.)

스코트 젤다, 가지 마! 도대체! 말해 주구려, 젤다. 요즘 진료시간에 당신은 주로 무슨 일을 하는 거요?

젤다 내가 글쓰는 걸 당신이 금지시켰기 때문에, 내가 다시 택한 일을 해요!

스코트 글을 쓴다는 건 훈련을 필요로 하는 거야, 끊임없이!

젤다 그리고 술 마시는 것도 필요로 해요? 역시, 끊임없이? …아니, 당신의 글쓰는 일이 내 앞을 가리고, 나보다 더 중요하다고 하더라도, 글쓰는 일은 당신이 먼저예요. 난 당신을 위해서 글쓰기를 단념했고, 대신 발레를 하기로 마음 먹었어요. 이사도라 던컨은 말했죠. "나는 온 세상이 춤출 수 있도록 가르치고 싶다"라구요. 난 내 생각만 하는 사람이 되었어요. 정말이지, 나 자신을 가르치고 싶어요.

스코트	열심히 연습하면, 당신은 좋아질 거야.
젤다	글쓰는 일, 술 마시는 일보다도?
스코트	난 이미 그만뒀어.
젤다	글쓰는 일을?
스코트	술을 끊었다구.
젤다	끊어요? 술을?
스코트	전혀 안 마셔.
젤다	하늘에 맹세할 수 있나요?
스코트	난 가슴에 성호를 그어. 하지만, 새 책을 탈고하기까지는 죽고 싶지 않아. (스코트는 젤다를 벤치로 데리고 가서, 먼저 앉고서 그녀를 앉힌다.) 젤다, 요즘 몇 가지 불편한 일들이 있었어.
젤다	사랑을 느끼세요? 사랑?
스코트	내가 얘기하는 건 심장병이야. 지난주에 영화관에서 영화가 끝날 땐데, 페이드 아웃으로 끝나는 거야.
젤다	영화란, 항상 페이드 아웃으로 끝나죠.
스코트	난, 비틀거렸지. 관객들은 내가 취한 줄 알았을 거야.

젤다   (비꼬는 말투로) 아무렴, 사람들이 그 정도로 바보일까.

스코트   다행스럽게도 친구의 도움으로 난 밖으로 나올 수 있었지.

젤다   그래요, 난 그녀를 알아요.

스코트   당신은, 그녀를, 그녀를 좋아할 걸.

젤다   당신이 그렇게 생각한다면, 그렇고 말구요. 저, 스코트? 내가 정신병을 앓게 되고, 다시 자유롭지 못한 삶을 살게 되기 전에 빨리 이 말을 드려야겠군요. 당신은 죄책감을 느끼지 않아도 돼요. 당신은 나보다 더 좋은 영향을 줄 수 있는 사람이 필요했죠. 맨 꼭대기에 멈춰선 롤러코스터를 함께 탈 수 있을 만한 듬직한 사람이. 그녀를 원했나요? 평범한 여자이긴 하지만, 그 중 젤나은 여자 말이에요.

스코트   당신은 누구지? 누구, 무슨 이야기 하는 거야, 젤다?

젤다   누구? 뭘 하냐구? 둘 중에서 어느 거지? 반반(半半)인가? 그녀는 어느 쪽이죠? 신경 쓸 필요 없어요. 당신은 어느 쪽이든 행운이군요…. 하지만, 여기서 내가 불타오르는 듯한 수풀을 바라보지 못하도록 우리가 이 벤치를 비스듬히 돌려 놓을 수 있을까요?

스코트   정말 멋진 숲이야.

젤다   불꽃에게서 매력을 느껴본 적이 있어요?

스코트   잎사귀들이 밝게 빛나고 있군. 맞아, 작은 호롱불처럼 말이야. 내가 만진다면 내 손이 따뜻해질 것 같은데….

젤다   난 그것들이 날 태워서 형체를 알아볼 수 없는 재로 만들어 버릴 것만 같아요. 당신도 알다시피, 미친 사람들은 때때로 카산드라의 선물을 가지고 있어요.

스코트   선물…?

젤다   예감 말이에요! 나는 불길에 싸여 죽어버릴 거야!

스코트   자, 젤다. 소리치지 말아요. 신경 쓰지 말라구. 의사는 내가 문병온 것이 당신에게 해롭다고 생각할 거요. 난 다시 문병을 오지 못할 거야.

젤다   다시 문병? 다시!라고 했나요? 이번 한 번만의 방문으로도 벅찬걸요.

(그녀는 문 쪽으로 걸어가기 시작한다. 스코트, 따라가려고 일어선다.)

스코트   들어가려는 거요, 당신?

젤다   작은 빅터 녹음기를 가지고 있어요. 어머니가 크리스마스 선물로 보내주신 거죠. 난 세르게이 다길레프를 위해 준비해 두었어요. 그가 날 테스트하겠대요. 내가 전에 말했죠? 거의 따라하기 불가능할 정도로 템포감 있는 바하의 둔주곡 (푸가)을 하려고 해요. 하하하!

스코트   젤다, 난 여기 바흐를 들으러 온 게 아니야. 그리고, 당신이 춤추는 모습을 지켜보는 것은 나의 기쁨이오. 비록 이제는 지쳐버렸지만.

젤다   미안해요. 난 시간이 없어요. (그녀는 계속 급하게 말한다.) 수녀님, 수녀님, 내 빅터를 좀 틀어줘요. 내 남편이 춤추는 내 모습을 보고 싶어하거든요. 내가 다길레프에게 테스트 받으려고 연습했던 춤 말이에요.

수녀1   당신이 가지고 와야죠.

수녀2   아니면 손님이 갖고 오시든지.

수녀1   우린 문을 지키고 있어야 해요.

젤다	빌어먹을, 정말이지. 내가 직접 가져올 거야! 스코트, 기다려요! 그 백치 같은 선생은 내가 그 템포로는 결코 하지 못할 거라고 했어요. 내 그 미친년에게 보여줄 거야.
스코트	다시 나올 거요?

(젤다가 병원 입구로 뛰어갈 때 그녀의 목소리는 바람에 묻혀 들리지 않는다. 스코트는 수녀들에게 얘기한다.)

옛날엔 저 사람이 절대 저런 식으로 얘기하지 않았어요. 절대로 말이에요.

수녀1	정신병원에서 말할 땐, 환자들은 으레 저렇게 소리치듯 얘기합니다.
수녀2	서로에게서 배우는 거지요.
스코트	젤다가 전에는 그러지 않았어요.
수녀1	그녀도 당신이 오면 흥분할 거라는 걸 모르고 있었어요. 아예 기대하고 있지 않은 거죠. 나 같았으면….
베키	(무대 밖에서 외치는 소리) 나의 집! 행운도 가

득 깃들었도다.

수녀2   봐요. 누가 밖으로 나와요! 제가 못 나오게 할까요?

(수녀1이 어깨를 으쓱한다. 베키가 현관에 나타나 무대 가운데로 나온다.)

지금 무슨 짓이에요, 베키?

베키   난 지금 당신에게 말하는 게 아니야, 입 닥쳐. (그녀는 스코트를 본다. 그리고 말을 건다.) 여보세요? 저, 선생님?

(스코트는 벤치 아래의 바위 근처에 있는 무대 아래편으로 물러난다. 베키는 벤치 근처로 갔다가, 다시 스코트에게로 간다.)

당신은 할리우드에서 왔어요. 그렇죠? 맞아요? 누군가가 그랬어요! 나도 할리우드에서 왔어요! 우리집은 골드윈의 집에서 한 블럭 떨어져 있어요. 신사들을 위해 머리를 잘랐지요. 나바로(Navarro)! 나바로는 위대한 발렌티노, 그

플레이보이를 위한 '매의 소굴(Falcon's Lair)'이라 불렸지요!

스코트 아니, 지금은 별로. 시간도 없고, 난 지금 병문안을 왔어요.

(젤다가 요양원에서 다시 나타난다. 휴대용 빅트롤라 축음기를 무거운 듯 땅바닥에 끌면서.)

젤다, 제발! 말려줄 사람 누구 없습니까?

젤다 쫓아버려, 쫓아버리지 않으면 안 돼요! 차버려요, 그년을 차버리라구요….

스코트 미친 여자야! 나는….

젤다 할 수 없다구요? 신사답지 못하다구요? 좋아요, 봐요. 난 할 수 있어요. 난 할 수 있다구요! (젤다는 반항하는 베키를 힘껏 차버린다.) 들어가, 들어가 버리라구, 이 미친년아, 어서!

(베키는 두 명의 수녀에게 잡혀 다시 병동으로 끌려 들어간다.)

스코트   당신이 겪고 있는 괴로움, 그 괴로움이 다른 걸 연상시키는군….

젤다   미안하지만, 제 빅트롤라 테이프를 좀 감아주세요. 닥터 블루머가 그 이름이에요. 난 옳은 이름이 있나요? 나는 사람들이 날 꾀어서 말하게 했을 거라고 생각해요. "피츠제럴드 부인, 다른 부인들과 친하게 지내세요" …가짜 백작부인도 있었고, 어떤 나란지는 몰라도 왕인 체하는 사람도 있었어요. (젤다, 야하게 웃는다.) 나는 말했죠. "블루머 박사님, 전 사회적 야망이라고는 조금도 없어요"라고…. 오, 맙소사. 스코트, 당신은 빅트롤라의 테이프조차도 감지 못해요?

    (제럴드 머피와 사라 머피, 무대 측면에서 등장)

    난 초를 다투며 일하고 있어요. 지난 한 주일 동안을 오로지 다길레프에게 테스트 받으려고 준비했어요! *Ballet Russe de*[발레 러세 드]*.

머피   (스코트에게) 당신이 우는 걸 젤다가 알면 안 돼!

———

* 러시아 발레

젤다   (머피 부부에게로 달려가며) 사라! 머피!

사라   (젤다를 안으며) 달링! 우린 방금 도착했어….

머피   우린 여기 우연히 들렀어.

젤다   (환각증세를 일으키며) 파리? 세인트 라파엘로 가는 길이에요? 에고로바(Egorova) 선생님은 어디 있죠? 몰래 한잔 했어요. 그렇지만 그건 클래식발레를 하는데는 훌륭한 선생님이죠. (큰 소리로 외치듯이 부른다.) *Madame? Madame? Mes Amis les Murphys sont Ici pour*[마담? 마담? 메자미 레 머피 쏭 띠시 뿌르 : 마담? 마담? 내 친구 머피 부부는 지금 날 위해 여기 왔어요]. 제럴드, 스코트는 멍하니 있어요! 미안하지만 제 빅트롤라를 좀 감아주시겠어요? 에고로바 선생님은 내가 다소 늦게 댄스 인생을 시작했다고 느끼고 있어요. 그렇지만 그녀는, 그렇게 열심으로, 그렇게 열망해서, 그렇게 애쓴 결과, 내가 출발은 늦었지만 그 차이를 극복할 수 있다고 말했지요. 당신은 이런 옛 시의 구절을 알고 있나요? "춤추기에는 늦은 그녀는/ 바이올린의 현(絃)들이 그녀의 가슴을 찌르는 천 개의 비수일지라도, 나머지 인생을 보다 더 열광적으로 춤을 춰야 한다"는 시구 말이에요.

사라	(방백으로) 그녀를 위해 빅트롤라를 틀어주세요. 우리도 춤추는 척할 테니까요.
스코트	안 돼, 안 돼, 환각상태를 도와주지 마. 난 전혀 도와줄 생각이 없어.

(그러나 바흐의 변주곡이 나오고, 젤다는 춤을 추고 있다. 제럴드 머피는 사라가 손수건으로 콧물을 훔칠 때, 그녀의 손을 꼬옥 쥐고 있다. 젤다가 바닥에 넘어진다.)

사라	오, 젤다!
젤다	난 괜찮아요. 피치카토였어요. 매우 어려운 부분이죠. 하지만 난 다음주에 다길레프에게 테스트를 받기 위해서 완전히 마스터해야 한다고 맘먹었어요.
머피	가엾어라, 물랑루즈를 빼놓고는 아무런 제의도 받질 못했어.
사라	쉬-잇! "잘했다"고 고함쳐요.
머피	잘했어! 브라보! 아주 잘했어!
스코트	당신들은 환각상태를 도와주는 것이 친절한

거라고 생각하지. 미안하지만 난 찬성 안 해! 심장상태가 좋지 않음에도 불구하고, 나를 마라톤처럼 여기까지 불러낸 의사들은 젤다를 진찰해달라는 내 요구를 묵살했어. (병원 현관으로 뛰어간다.) 닥터 블루머! 블루머 박사!

사라   (제럴드 머피에게) 두려우세요?

머피   가진 않겠지?

사라   스코트는 저걸 때려부술 거예요. 당신이 그를 말릴 순 없나요?

머피   스코트에게 일러주라고…?

사라   뭐든지, 어떤 거라도.

머피   그럴 수는 없어! 두 사람 중에서 누가 더 고통받았지?

사라   코스트에는 스코트와 같이 사는 여자가 한 사람도 없어요?

머피   있어. 그러나… 우리는 스코트가 양보할 수밖에 없었다는 걸 알고 있지. 그리고 결국에는…. 대체로 체홉의 육신은 '냉동식품'이라는 딱지가 붙은 화물차에 실려 되돌아왔지…. 그런 모욕이라니…. 어느 누구라도 죽음 속에서 존엄성을 발견하는 자가 있다면….

(인턴[에듀아르 역과 1인 2역 배역]이 스코트의 고함소리를 듣고, 현관에 나타난다.)

제기랄, 잠자는 상태에서 '조용하게 일어난 일'쯤으로 보고될지도 몰라. 하지만, 오직 믿을 만한 증인은 죽은 자들뿐이고, 죽은 자들의 보고서는 공식적으로 채택되지 않는 법이지.

스코트 (인턴에게로 가서, 문 쪽으로 다가서며) 당신은 누구요? 당신은 분명 블루머 박사가 아니야, 아니, 닮은 것 같은데….

머피 스코트가 저 이를 그 사람이라 믿는다면….

사라 에듀아르?

머피 모든 게 뒤죽박죽될 거야.

스코트 좋아, 누구라도! 당신은 저기서 젤다를 끝까지 지켜봤지?

인턴 젤다?

(젤다는 움추린 자세로 인턴을 본다. 주먹으로

자신의 입을 누르면서.)

스코트   미안하지만 내 아내를 피츠제럴드 부인이라
         고 불러주시오. 아니, 젤다….

인턴   우리는 환자들을 부를 때, 그들이 편안함을
         느끼도록 이름을 부르지요.

스코트   여기는 그녀의 집이 아니오. 그리고 오래전
         파리에 있던 발레 스튜디오도 아니란 말이오.

인턴   그곳이 그녀가 좋아하는 장소는 아니죠? 그녀
         를 얼마간이라도 편안하게 해주는 것이 그렇게
         도 우습게 보이십니까?

스코트   당신이 블루머 박사는 아니죠? 젤러 박사도
         아니죠?

인턴   네, 그렇습니다. 전 단지 인턴일 뿐입니다. 하
         지만 이곳에 있는 우리 모두는 젤다 부인의 증
         상을 잘 알고 있습니다. 용감하게 견디고 있다
         는 그 비극을 잘 알고 있습니다, 선생님.

스코트   그렇군요. 나도 알고 싶어요. 그렇지만 난 그
         녀가 다 나았다고 잘못 알고 있었어요. 그리고
         확인하기 위해서 웨스트 코스트에서 미친 듯이
         날아왔어요. 그리고 뭘 보았습니까? 전보다 더

미쳐버렸어요. 지금 역시 매우 사납습니다. 자, 인턴양반. 난 당신에게 말하고 싶어요! 난 속았어요. 여기 이 하일랜드에서 당신이 젤다를 내게 되돌려줄 수 있으리라는 헛된 희망으로 나는 내 천부적 재질을 팔고, 내 인생 그리고 내 딸아이의 미래를 팔아버렸어요.

(스코트, 잠시 동안 자신의 얼굴을 가린다.)

인턴　　　무슨 말씀이시죠?

스코트　　이성, 이성을 바랐다고! 당신이 제공한 것이 지옥 외에 무엇이었소?

(젤다가 스코트와 인턴에게로 천천히 다가오기 시작했다.)

인턴　　　도피처.

젤다　　　난 불도마뱀이 아니야! 저 이에게 제발 얘기해요.

(머피가 사라를 앞세우고 퇴장)

인턴   불도마뱀이라고, 그녀가 말했나요?

스코트   불도마뱀은 존재하지 않아, 결코 존재한 적도
          없었고. 불 속에서 살고, 그 속에서도 아무런 고
          통이나 상처를 입지 않는 전설의 동물이지. (스
          코트는 숨찬 목소리로, 거의 흐느끼는 소리로 말
          한다.)

젤다   난 불도마뱀이 아니야. 당신 듣고 있어요? 당
          신은 내 영혼을 육체인 양 착각했어요! 내 영혼
          이 불 속에 있다는 것은 바람 부는 언덕의 창살
          쳐진 문과 창문 뒤에서 내 육신이 비록 불길에
          휩싸인다 하더라도 조금은 남아 있으리라는 걸
          의미하는 건 아니에요.

          (젤다는 온몸을 떨면서 두 남자를 향한다. 거칠
          고도 애원하는 눈빛으로 두 사람을 차례로 본다.)

인턴   불도마뱀, 불-도-마-뱀, 흐흠. 그녀가 오로지
          아무도 모르는 얘기를 해대기 시작하기 전부터
          불도마뱀에 대해서 말하는 걸 우리가 들었지만
          그게 뭔지는 잘 모르겠네요.

스코트   그걸 모르는 건 환자들과 당신뿐 아니요? 당신은 진정한 의사가 아냐! 의사라면 제대로 배운 사람들이니까! 당신처럼 무식해서는 과학자라고 할 수 없지!

인턴   저분만이 아니라 병원의 다른 직원들도 모릅니다.

스코트   당신네들은 내 아내가 불도마뱀에 관해서 여러 차례 얘기하는 걸 들어왔잖소. 그럼에도 불구하고 당신들은 늘 그 자리에 서 있었을 뿐이고, 당신들 중 그 누구도 그게 무슨 뜻인지 알아보려고 애쓰지 않았다, 이 말입니까.

(인턴 뒤로 닥터 젤러가 등장한다.)

닥터 젤러   무슨 일입니까? 내가 도와줄 일이라도 있습니까?

스코트   당신은…?

닥터 젤러   닥터 젤러요. 선생은 젤다 부인의 남편이십니까?

스코트   (화가 나서) 가끔은 그렇죠. 실제로도 보통 그렇게들 알고 있어요. 이런 곳에서 날 알아줄리

는 없지만, F. 스코트 피츠제럴드의 존재로 말이
오!

닥터 젤러   아? 당신이 남편인가요?

스코트   난 매달 여길 찾아오는데, 아직도 당신들은
내가 누군지 모른단 말입니까?

(인턴, 젤다를 부축하고 있다.)

저 건방진 젊은 친구에게 말하시오.

닥터 젤러   난 지금 진찰 중이고, 간부회의 중이기 때문
에, 빨리 말씀해 주세요, *bitte*[죄송합니다만]!

소리   (무대 밖에서 부르는 소리) 젤러 박사님?

닥터 젤러   *Ja, ein Moment*[네, 잠깐만요]! 아시겠죠? 그러
고는?

인턴   이분이 자기 아내를 불안하게 했어요. 잔뜩
질려버렸어요.

인턴   (젤다에게) *Mieux, maintenant, Ma chere*[미유,
멩뜨낭, 마 쉐르 : 이젠 좀 괜찮아요, 부인]?

젤다   난 저이가 고통스러워하는 걸 원치 않습니다,
결코! 하지만 저이에게 얘기해 주세요, 난 불도

마뱀이 아니라고.

닥터 젤러 *Ach, der Salamander!* 실은, 독일사람인 내게
는 그 뜻이 다릅니다. 난 그게 무슨 뜻인지 모르
겠습니다.

스코트 독일어, 프랑스어. 여기에는 분명 누군가 영
어를 쓰고 있어. 아무도 영어를 쓰지 않습니까?
사전에서 '살라맨더(salamander)'라고 찾아볼
까요?

닥터 젤러 영어를 많이 쓰는 바움 박사에게 물어보겠습
니다. 됐습니까?

스코트 사전을 찾아봐요! 만약 그러지 않으면 저 환자가
의미하는 것을 당신네들이 어떻게 알아차릴 수 있
겠소?

닥터 젤러 (인턴에게) *Betrunken*[이 양반 취한 거 아녀]?

스코트 환자가, 이유는 알 수 없지만 '불'이라는 것에
신들린 상태고, 분명한 건, 계속해서 '난 불도마
뱀이 아니야'라고 소리치고 있기 때문에 당신들
중에서 한 사람쯤은 그게 무슨 뜻인지 알아보
려고 애썼어야만 했어요! 그건…신화적인…의
미…

인턴 어디에?

스코트   사전에 말이오! 빌어먹을….

닥터 젤러   *Ja, BETRUKEN*[그래요, 건배]. 저분한테 찬물로 목욕이나 하라고 하지. 난 들어가 봐야겠어.(젤러 박사는 병동으로 들어간다.)

인턴   그러죠. *Soyez un peu plus calme pour la visite, Monsieur*[수와이예 뾜뤼 꺌므 뿌르 라 비지뜨, 므시유 : 선생, 문병하러 왔으면 좀 조용히 해요]. 피츠제럴드 씨. 젤러 박사님 말씀대로 찬물로 목욕하시게끔 도와드릴까요? 어떻습니까?

스코트   내가 취한 걸로 생각하는군!

젤다   종종 생기는 오해예요. 옛 생각 나네요, 스코트.

스코트   못 참겠어!

젤다   그래요, 그게 우리네 인생이에요. 제가 인생이라고 했나요? 난 이해하려 노력했어요, 아주 힘들게 말이에요.

인턴   *Pauvre homme*[뽀브롬므 : 불쌍한 양반]. 난 늘 관심을 갖고 있었어요. 무엇이 저 경솔함을 고쳐줄 수 있을까 하고 말입니다.

스코트   칼럼을 쓰는 실라 그래함이 날더러 술을 마시지 말라고 하면서도, 날 놀려준다고 술주정뱅이라 불렸지.

젤다   그 당시에 웨스트 코스트의 친구가 당신에게 더 어울려요.

스코트   뭐가 남아 있는지 찾아보자. (주머니를 더듬는다.) 내 니트로(nitro)가 남았나? 아니지. 비행기를 타고 대륙을 가로질러 날아오고, 이상한 소문 때문에 이런 꼴을 당해야만 하는 남자의 심장병을 위한 조그만 한 병의 알약이….

인턴   여기 있어요, 이 주머니에. 자, 받아요.

스코트   취하지 않았어! 샤워도 필요없지! 바람찬 산꼭대기에서 아예 꽁꽁 얼게 하시지!

인턴   좀 쉬세요, 피츠제럴드 씨!

스코트   여봐요, 내 일터가 침대요!

(젤다는 들릴락말락 웃는다. 인턴은 젤다를 벤치로 데리고 가서 앉힌다. 그러고는 한 팔을 쭉 뻗어, 스코트를 병원 출구로 안내한다.)

손대지 마시오. 도움 없이도 움직일 수 있다구. 하지만 그들 모두에게 전하시오. 이곳의 돈을 죄다 긁어모으는 거짓말쟁이 간부들에게 말이오. 난 가만히 있지 않을 거라고. 젤다는 어디 있지?

(목소리들이 더 고요하다. 가늘고 슬픈 음악이 흐른다.)

인턴   생각지도 않았던 당신의 성가신 병문안에서 벗어났소.

스코트   오, 그렇지만 난 내 마누라의 악화된 건강을 책임질 사람을 만나기 전에는 결코 이 자릴 떠나지 않을 텐데! 꼭 그럴 거요. 그렇게 될 거라구!

인턴   만일 그 원인이 바로 당신이란 걸 알게 되면 어쩔 거요?

스코트   젤다가 미쳐서 하는 말들에 모두들 속고 있으시구면?

(그들은 병원으로 들어간다. 젤다는 벤치에서 일어나 무대를 가로 질러간다. 그녀의 두 눈을 보면 그녀가 뭔가 의미심장한 말을 하려는 듯하다.)

** 작가노트 : 이 장면에서 젤다는 어떻게 해서든지 자신을 격리시킨 것들에게 자신에게 내재된, 자신만의 세계 속의 그 무엇을 전해주려는 광란의 절망감을 보여주어야 한다. 젤다의 말은 거의 바람에 불려 멀리 날아가 버린다. : 그러나 두 눈은 당당하긴 했지만 애원조이며, 몸짓은 절박감으로 굳긴 했지만, 떨리고 있었다. 이 두 눈과 몸짓은 젤다로 하여금 극 전체를 통하여 이 부분에서 피할 수 없도록 객석을 사로잡아야 한다. 젤다에게 주어진 지금의 이 말들은 지극히 실험적인 것이다. 이 말들은 만족과 불만족이 반반이다. 하지만, 공연은 계속되어야 한다.

젤다   나라는 존재가 여기 있어요.

          (바람소리가 다가왔다가, 그녀의 목소리를 삼키고 나서 잠잠해진다.)

          하지만 바람, 바람, 이 계속되는 바람의 슬픔은 마치 (바람소리, 다시 들리더니 잦아진다.) 바람은 여기 있는 우리 모두의 죽음의 고통들에게 단 하나의 말을 전해주려 하고 있어요. 오, 그러나 가족들은 하나둘 뿔뿔이 흩어지고, 난 외로운 어머니를 안심시키기 위해 즐거운 편지를 씁

니다. 우리가 행진의 대열에서 낙오하려 한다
면 우리를 구속하는 채찍도 참고, 열을 지어 우
릴 계속 감시하는 수녀의 얘기도 하지 말고, 언
덕을 가로질러 거니는 즐거운 산책만을 말하시
라구요, 하하하! 지금으로서는 어머니를 괴롭힐
필요가 없어요. 우리가 앨라배마 몽고메리에서
마지막으로 헤어질 때, 난 떠나면서 어머니에게
말했죠. '걱정 마세요, 어머니. 난 죽는 게 두렵
지 않아요'라고 말예요. 일이 얼마나 공교로워질
지 알지도 못하면서.

  (위층들의 창에 불이 켜지고, 젤다는 두 눈에
손을 갖다 대고 몸을 잔뜩 구부려서는 소리치고
있다. 잠긴 문 안에서 불길에 휩싸인 듯한 여자
들의 기괴한 메아리가 들린다. 인턴, 의사 그리고
두 명의 수녀가 모두 젤다에게 뛰어간다. 손을 내
저으면서 그들이 다가오는 것을 거절하는 젤다.)

  미안해요. 아무 일도 아니에요.

닥터 젤러   이런 소란 그만둘 수 없을까

젤다   뭐 때문이죠? 난 이해할 수가 없어요.

닥터 젤러　　(인턴에게) 설명해 줘!

젤다　　그래요. 해주세요! 제발 내가 이해할 수 없는 부분을 설명해 주세요.

　　(인턴을 제외하고 모두 퇴장.)

인턴　　삶의 그림자, 빛이 만들어낸 그 착각들은 때때로 많은 것을 밝게 비춰주기도 하죠.

젤다　　우리에겐 그렇지 않아요. 지난 일만을 지켜보는 사람들에게나 해당되는 말이죠. 지금은 없어졌지만, 옛날에 작은 *auberge, Reve Bleu*[오베르 쥬 레브 블뢰: 푸른꿈호텔]이 있었지요. …그곳에서 나는 당신이 꼭 껴안는 바람에 매우 거칠게 소리쳤고, 그 소리에 충격을 받은 당신은 날 이렇게도 큰 미치광이 수용소에 버렸어요….

　　(풀 먹인 흰 제복을 입은, 무척 즐거워 보이는 간호사가 환자인 부-부[Boo-Boo]를 휠체어에 태우고 젤다에게로 온다.)

　　이런…….

간호사   부-부가 자기 룸메이트를 봤어요. 그러더니 가벼운 인사라도 나누고 싶다고 해서.

(유령 같은 부-부는 과거의 모든 것을 잃어버린 상태이다.)

젤다   헬로, 부-부. 바이바이 부-부.

(간호사가 부-부의 휠체어를 끌고 나갈 때쯤 병동 안에서 벨이 울린다.)

5시군요. 동물원의 사육시간이야.

(젤다는 자신이 사로잡힌 어떤 세계 속으로 주변 사람들이 끌리지 않는 것이 못내 아쉬움을 느끼는 듯하다. 관객들에게 정중하게 사람 좋은 미소를 지어보이는 젤다. 그리고 가벼운 인사를 한다.)

무대, 서서히 어두워진다.

제2장

테이블에는 몇 권의 책과 깨끗하게 깎은 연필들, 그리고 도표들과 압핀으로 눌러놓은 몇몇 기사 조각들이 있는 게 시판이 미리 놓여 있다. 장면 변화를 위한 음악이 끝나고 하얀 털쉐터를 입은 스코트가 무대 뒤에서 등장한다. 그는 최고의 정열을 기울여 자기 작품을 쓰는 빈틈없는 작가였다.

젤다는 스코트를 비추는 조명의 가장자리에 있어서 모습이 희미하게 보일 뿐이다. 마치 1926년경의 그녀로 보인다. 그녀는 말할 때, 더 자세히 볼 수 있도록 걸어온다.

스코트　　(테이블에 진[Gin] 술병을 놓으며) 자! 제기랄…. "작가가 작품을 쓰고 있는 동안에 술을 마시기 시작하면, 그 작가의 생명력은 10년뿐이다"라고 누가 말했지? 오, 그래…. 갈브레이드는 시작조차 하지 않았어.

(진을 반 잔 따르고, 그것을 우울하게 바라보고 있다. 그 잔의 가냘픈 허리를 만진다.)

아직 살이 붙진 않았군. 그렇지만 시간은 있어. 헤밍웨이는 여전히 풍채가 좋고, 술도 나보다 많이 마시잖아. 그렇지 않아? …시간은 아직 많아…. (테이블에 앉는다.) 더 이상의 장식은 필요치 않아. 이 작품은 겉으로 보기에는 내겐 너무 지긋지긋하게 느껴지는군. 제5장은 격렬하면서도 의미심장하게 자극할 수 있도록 시작해야만 한다구.

(젤다가 테이블로 다가온다.)

젤다   여보, 스코트. 보세요. '격렬하면서도 의미심장한 자극을 준다'는 건 당신이 상어나 호랑이 또는 매, 아니면 그 세 가지가 혼합된 인간의 이야기를 쓴다는 뜻인가요?

스코트   젤다, 얼마나 오랫동안 뒤에 있은 거야?

젤다   말 안 듣고, 방금 살금살금 기어왔어요. 글쓰는 당신에게 반해서.

(스코트는 잠시 두 눈을 굳게 감는다.)

스코트   난 그렇게 멋진 일을 하지 않아.

젤다   알아요. 존경받을 수 있는 작품을 위해서죠. 그렇지만 여보, 당신은 매우 귀여운 일을 하고 있는 것처럼 보이는데요. 적어도 이 순간까지는…. (젤다는 술병을 가리킨다.)

스코트   (여전히 정면을 보며) 귀엽다고 말했소?

젤다   존경받을 만하고, 귀엽고. 당신도 알다시피, 맨 처음에는 난 나보다 더 귀여운 젊은 사람과 결혼한다는 건 부담되는 일이었어요.

스코트   당신보다?

젤다   난 귀엽지 않아요. 오직 그건 잘못된 생각이죠. (그녀의 눈은 어둡고, 부드러우며, 불안에 싸여 있는 듯하다.) 여보, 그렇지만 당신은 진짜 그래요.

스코트   (안절부절 못하며) 그만해, 젤다. 그건 모욕이야.

젤다   (스코트에게 다가가서, 목을 만지며) 전 당신이 그걸 왜 그렇게도 불쾌해 하는지 이해할 수가 없어요.

스코트   '귀엽다'는 형용사는 계집애들한테나 어울리는 말이야. 아니면 귀여운 사내아이라든가…. 성별이 애매모호하다구….

젤다   계집애든 사내아이든, 귀여운 건 귀여운 거예요. 애매모호하다는 사실에 신경 쓰지 마세요.

스코트   다 큰 남자에게는?

젤다   뭐라구요? 다 큰 남자에게?

스코트   귀엽다라고 부르는 게 의미하는 것은….

젤다   의미한다구요? 뭐요? 의미?

스코트   일종의 '비난'의 뜻이….

젤다   무슨 소리예요?

스코트   내가 알고 있는 것처럼 당신도 그 단어가 비난하는 것이 '남성'이란 걸 알고 있잖아…. (한 모금 더 마신다.)

젤다 오, 그렇지만 당신의 경우에 그건 너무나도 분명해요. 그리고, 비록 그렇지 않다고 하더라도…, 내가 생각하고 있는 걸 알 수 있어요?

스코트 결코.

젤다 난 여성들에 관해서 잘 써볼 생각이에요. 작가라면 그렇게들 하고 있어요. 부분적으로 하는 사람도 있구요. 오, 그렇게 많진 않아요. 그 무엇처럼 훨훨 날아다니는 사람들도 많지 않다구요.

스코트 요정?

젤다 당신은 여자들에게 너무 모질게 대해요, 스코트. 난 그 이유를 모르겠어요. 당신이 너무 귀여워서 계속 귀찮게 따라다니는 건가요? 여자들 중 하나라고 생각하기 때문에?

스코트 젤다, 그만 둬. 날 놀리는 거야?

젤다 너무 심각하게 받아들이지 마세요. 그건 다만 질투일 뿐이에요. 스코트, 난 귀여운 구석이라곤 없는 여자예요.

스코트 젤다. 당신도 알잖아, 당신은 세계적으로 유명한 미인이란 걸.

젤다 오, 제가요?

스코트 '코스모폴리탄'지 최근호에 실린 스코틀랜드 사람들과 함께 배에서 찍은 우리 사진이 화제라구. 그리고 선장 말을 인용해서 사진설명은 이렇게 달려 있었지.

젤다 빙산을 향해 갔을 때 말이죠?

스코트 '명석한 젊은 친구, F.스코트 피츠제럴드와 그의 귀여운 아내 젤다, 프랑스로 항해 중. *Bon voyage*[봉 봐이야쥬 : 멋진 여행이 되기를]!'이라고 말야.

젤다 조금 기분 나쁜 설명이군요. 안 그래요, 스코트? 절망적인 것은 아름다움과 어울릴 수 있어요. 아름다움의 환상과도 마찬가지죠.

스코트 절망적이라고? 당신, 절망적이요, 젤다?

(사이. 낮은 음의 음악이 들려온다. 젤다는 부드럽게 스코트의 금발을 손으로 빗어주고, 스코트의 얼굴을 쓰다듬는다.)

젤다 (스코트의 머리를 암울하게 쳐다보며) 그럴 권리가 없어요, 그렇지만….

스코트 그렇지만 당신은? 당신이 그러냐구?

젤다   차라리 당신, 제 앞에서 깊은 잠 속에 빠져버리세요.

스코트   내가?

젤다   그래요. 난 당신을 끌어안을 거니까. 그러면 난, 당신의 잠든, 부드러운 몸을 어루만질 거예요. 그러고는 나의 몸을 느낄 거라구요. 제 몸은 더 거칠어요. 어루만질 만큼 그렇게 우아하지 못하다니까요.

스코트   무슨 소릴 하고 있는 거야, 젤다? 내가 당신을 만족하지 못한다고? 어째서 그런….

젤다   때때로 난 힘든 처지를 뛰어넘고 싶어요.

스코트   난 너무 많은 부분을 일에 매달리고 있어, 그렇지만….

젤다   일! WORK! 더블유. 오. 알. 케이! 네 글자 단어 중에서 가장 사랑스러운 것이죠. 어쩌면 조화를 이루지 못할 것 같은 환경이 어느 날 우리 둘 사이에 끼어들지도 몰라요. 내 느낌이지만, 아주 조금씩. 그렇지만 내 손가락의 이 금반지는 진실이에요. (반지를 보고 나서, 손가락에서 빼내 스코트에게 끼운다.) 영원한 진실, 비록 세월이란 것이 쓰잘 데 없는 싸움을 일으킨다고 해도 이건 영원한 진실이에요. 당신은 숨어 있는 나보다는 나아요, 스코트. (젤다는 프린스턴 트라이앵글 클럽의 사진을 펴보인다.) 당신은 왜 여태 이걸 제겐 보여주지 않았죠?

스코트 그게 뭔데?

젤다 이것이 당신의 본래 모습인가요?

(확대된 사진이 영상이 데스크 뒤에 있는 영사막에 나타난다.)

스코트 젤다, 프린스턴 트라이앵글 클럽이 매년 연극 한 편을 무대에 올린다는 건 당신이 잘 알고 있잖아. 누군가 그 연극에서 코러스 걸 역을 맡아야 했지. 그해, 내가 뽑혀 출연하게 된 거야. 그래, 그게 바로 나야. 그게 어때서?

젤다 절묘하고도, 완전한 하나의 환상이군요. 절묘해요. 난 결코 그렇게 잘 해내지 못할 거예요.

스코트 누가 당신에게 그 사진을 보여줬지? 뭣 땜에?

젤다 당신 소설을 좋아하는 여성 팬이 오늘 해변으로 그걸 가지고 내게 왔어요. 지나치게 감상적인 타입이었는데, 아마도 나쁜 마음을 품은 건 아니지만, 목소리는 높았어요. "피츠제럴드 부인, 왜 그걸 믿지 않으시죠? 하지만 사람들은 이게 분명히 당신 남편이라고 얘기하고 있어요. 보기엔 분명 아니죠, 하지만 이름은⋯." 사라가 소리쳤어요. "제발! 방해하지 말아요."라고 말예요.

스코트   젤다, 당신이 내 일을 방해하고 있어! 그런 짓을 그만 두라구. 그러지 않겠다고 이야기했잖아.

젤다   내 일은 어떡하구요?

스코트   당신 일?

젤다   오늘밤엔 외출하지 않나요? 카지노와 가장무도회에?

스코트   일을 시작하고부터는⋯, 틀림없이 아무데도 가지 않았어!

젤다   스코트, 여보? 당신에겐 편안한 밤이 필요해요. 당신은 자신을 너무 학대하고 있어요.

스코트   그럴지도 모르지. 하지만, 목표는 있어야잖아. 살아야 하고, 잘 살아야지. 우리의 그 무엇과도 조화롭게 말이야.

젤다   뭔데요?

스코트   명예!

젤다   희생은 생각지 않구요? 스코트, 당신은 제가
         이미 별 가치가 없다고 생각하는 걸 위해서 스
         스로를 닳아 없애고 있다구요. 우린 소중한 분
         들과 함께 푸른 해변 *Cote d'Azur* [꼬뜨다쥐르]에
         같이 있어요. 우리에겐 관대한 분들이죠. 그렇
         지만, 카지노에서 그들의 흥정을 붙이고, 같이
         도박을 한다는 건, 내 신경과민을 더욱 부추기
         고, 당신의 간장병도 악화시킨다구요.

스코트   내 간이 어때서?

젤다   *D'Amboise* 박사님과 비밀스런 얘길 나눴어
         요.

스코트   내 얘길….

젤다   당신 간이 위험해요. 박사님은 당신에게 심각
         한 상태란 걸 얘기하고 싶지 않았어요. 하지만,
         당신의 간은 상했어요. 그리고 지금도 계속 나
         빠지고 있어요. 앞으로도 계속 그럴 거예요. 오,
         미망인의 달이여!

스코트   미망인의 달이라니?

젤다   거의 보름달이란 뜻이에요. 달이 찰 때, 체리
      는 무르익을 것이고, 체리가 익을 때 나이팅게
      일은 울음을 멈춘다는 거예요. 굶주린 자기네
      어린 새끼에게 체리를 물어다주기 때문인 거죠.

스코트 당신은 별 쓸데없는 지식을 참 많이 알고 있
      는 것 같군. 하지만, 젤다. 내 건강과 미망인의
      달이 참 매력적이긴 하지만, 난 내 일을 하지 않
      으면 안 돼. 내 말 알아듣겠어? 난 내 일을 계속
      해야 한단 말이오!

젤다   내가 하는 일은 어때요? 무슨 표정을 짓고 있
      는거죠? 고개를 돌려서, 좀 보여주시겠어요.

      (스코트는 젤다에게로 고개를 돌린다. 이때, 이
      짧은 장면이 그들의 결혼 후, 그들 사이에 존재하
      는 사랑과 미움의 역설을 표현해야만 한다.)

      오, 제법 체면이 서 있군요. 한 사람의 마음에
      공포심을 불어넣는 체면이라고 해서 모두 잔인
      한 건 아니죠. 글쎄요, 우리에게는 그것이 같은
      점이군요. 서로가 가지고 있는 잔인성이 똑같군
      요.

스코트   젤다, 우리는 하나야. 분리될 수 없는 하나라구. 당신은 알고 있지, 분명 알고 있을 거야! 내가 글쓰는 일에 내 생명을 걸고부터, 당신은 그걸 알았고, 그걸 받아들였고, 그걸 존경했다구!

(그는 떨리는 손으로 술잔을 집는다. 쭉 들이켜고 나서는 멀리 던져버린다.)

젤다   당신은 글을 쓰면서 술을 마시는, 돼먹지 못한 애송이 작가시군요. 우린 역시 분리될 수 없는 한몸이군요. 우리 모두를 위해 스스럼없는 자유와 정의를 만들었나요? 하하, 교실에 걸려 있는 깃발에게도 순종의 맹세를 하세요. 자, 앉으세요. 꼭 1분만 시간을 내주세요.

스코트   다시 앉지 않을 거요. 난 지금 당신을 쳐다보고, 당신이 하는 말을 들으려고 서 있는 거요.

젤다   좋아요. 제가 변했으면 하는 걸 들어보세요. 그리고 지금 대답하세요. 역시 변할 수 있다는 사실을 말이에요. 난 지금 내가 맨 처음 물었던 질문의 답을 듣고 싶어요. '내 일은 어떡하죠?'

스코트   당신은, 밤낮으로 당신을 위해 글을 쓰고 있는, 널리 존경받는 작가, 성공한 작가의 아내요.

젤다 (오버랩되면서) 불가능하다는 거죠? 오, 그래요. 당신은 작가예요. 소설에 푹 빠진 당신의 열정을 난 의심하지 않아요. 그건 순전히 당신만의 것이니까요! 내 질문은 아직 끝나지 않았어요. '내 일은, 내 작업은 어쩌죠?' …대답해 주세요. 없어요? 당신은 유리잔을 던져버리고, 병째 마셨어요.

스코트 (병도 멀리 던져버린다.) 당신의 일은 남부지방의 젊은 부인이라면 누구나 꿈꾸는 것, 바로 그것뿐이야. 헌신적인 남편과 예쁜 자식들과 함께 잘사는 것 말이야.

젤다 스코트, 당신은 제가 꼭 공상에 사로잡힌 남부의 젊은 여자들 같다고 믿고 있나요? 스코트, 미안해요. 크기가 달라요. 그건 너무 꽉 죄인다구요! 그 신발은 발을 너무 죄여서 신을 수가 없어요.

스코트 그렇군. 그건 너무 꽉 죄이는군. 하지만, 우리가 지금까지 쌓아둔 것은 그게 전부야.

젤다 저의 참견을 이해하세요. 난 그걸 오래 끌지 않을 거에요. 또 그걸 다시 되풀이하지도 않을 거구요. 어떻게 해서라도 난 내가 갈 길을 찾을 거예요. 춤을 추는 데 소질이 있다고 믿으니, 그걸 다시 시작할 수 있어요. 아니면, 새 애인을 얻어 당신을 배신해 버릴 수도 있어요…. 내가 할 수 있을까요? …난 할 수 있어요. 그럴 수 있다구요.

(젤다, 병동 안으로 퇴장. 젤다는 되돌아올 때까지 자리를 지키고 서 있던 수녀들에게 가려진다. 스코트는 무대 뒤로 퇴장. 두 명의 남자가 스코트의 퇴장할 때 들어와 테이블과 의자를 치운다. 두 명의 댄서가 무대의 양쪽에서 나와 무대의 조명이 해변에 늦은 오후의 긴 그림자를 드리우는 분위기로 연출될 때까지 *pas de deux*[빠드되]: 2인무를 춘다. 젤다가 길고 흰 밀짚모자를 쓰고, 비치가운을 입은 채 다시 나타나 무대 아래쪽에 있는 바위 위에 앉는다. 에듀아르가 인턴의 복장으로 나타난다. 수녀들은 에듀아르가 가운을 벗고, 수영복으로 갈아입는 동안, 그를 가린다. 에듀아르가 젤다가 앉아 있는 바위로 오는 동안 두 댄서는 무대 뒤로 퇴장. 에듀아르는 수건으로 머리를 말리고 있다.)

젤다	정말 아름다운 다이빙이었어요. 백조다이빙이라는 거예요.
에듀아르	아주 깊은 곳까지 들어갔어. 너무 깊이 들어갔지. 바닥에 거의 닿을 뻔했으니까.
젤다	무모한 짓이에요. 당신은 물불을 가리지 않는 성미예요. 저도 좀 그렇구요!
에듀아르	난 그래도 때에 따라 조심하는 편이야. 당신도 그래?
젤다	전 신경 안 써요! 어차피 우리뿐이에요!
에듀아르	숨어서 보는 사람이 있을 수도 있잖아.

(젤다, 웃는다. 그리고 에듀아르의 금빛머리를 두 손으로 꼭 껴안고는 열렬히 키스를 퍼붓는다.)

젤다, 젤다, 당신 손 좀 줘봐. 사람이 많이 모이는 해변은 공공장소야! 당신은….

젤다	이상해요?
에듀아르	감정에 이끌리는 건 위험할 수도 있어. 이것은 프랑스 사람들의 습관이 아니야. 다시 말해,

우리 프랑스 사람은 정열적이야. 하지만, 또한 신중한 면도 있다구. 오히려, 공공장소에서의 에티켓 때문에 한층 더 우리의 정열을 은밀하게 마음껏 즐길 수 있는 거지. 물론, 호텔 숙박계에는 가명을 써야 하지만.

젤다　　*chambre de convenance*[샹브르 드 콩브낭스 : 편안한 방]! 실은, 이런 경우에 쓰려고 내가 찾은 말이에요. 바로 이런 경우에….

에듀아르　당신이 전에는 결코 써먹을 데가 없었다는 걸 알고 있어.

젤다　　아녜요, 당신이 어떻게 안다고 그래요.

에두아르도　직감적으로. 프랑스 사람은 누구나 다 직감을 가지고 있어.

젤다　　가명 있잖아요. 저의 또 다른 이름을 데이지로 하고 싶어요.

에듀아르　어째서 데이지지?

젤다　　난 젊은 개츠비를 향해 달려가는 신비로움에 푹 빠져 있었어요. 그리고 데이지는 그의 애인이에요. 바람난 아가씨죠. 그 무엇도 도덕률 따위에 얽매여 결코 주저함이 없는 아가씨. 타고난, …스코트가 어떻게 표현했지? …놀랄 만큼

태평스런 아가씨예요.

에듀아르   진지하게 생각해봐야 할 문제야, 젤다.

젤다   그건 나중 일이에요. 그렇지만 아직은 아녜
요. 만약 내가, 온몸이 젖어 있는, 그리고 백조다
이빙으로 빛나는 당신에게 지금 이 순간, 진지
하게 이 문제를 꺼냈다면, 나는 다이아몬드 같
은 눈물을 흘리며 울어버렸을 거예요.

에듀아르   이런 점을 심각하게 생각해서 조심하지 않는
다면, 우리 모두가 행복하길 원하는 만큼, 우리
는 닥쳐올 위험을 알게 될 거야. 프랑스에서는
난 쉽게 가명을 쓸 수 있어. 여기에선 그 말들이
정당화되어 있다구. 말이란, 이런 것들의 나열
이거든. 그렇다고 매우 치밀하게 짜여 있는 것
도 아니잖아. 젤다, 뜻밖이지? 듣고 있어? 한 작
은 호텔이 있다고 생각해 봐. 숙박계에 있는 가
짜 이름들, 그래, 그렇지만 데이지도 아니고, 개
츠비도 아냐. 난 외할머니, 외할아버지의 이름
을 쓸 거야.

젤다   그분들 이름이 무엇인가요?

에듀아르   모르는 편이 나을 거야. 히스테리를 부리는
어느 순간에 그걸 지껄여버릴지도 모르니까.

젤다 그런 비밀을 가지고 있다는 건 남부여자답 지 않아요. 하지만, 난 비밀을 굳게 간직하고 있 는 또 하나의 이름을 가질 거예요. 난 당신을 외 면해 왔어요. 그리고, 난 코일 무늬가 있는 무지 개빛깔의 조가비를 주웠어요. 우리들이 남몰래, 나쁜 일인가요? 남몰래 사랑을 나누는 동안, 나 는 날 믿어주는 관객들을 위해 묵묵히 제 일을 계속해 왔어요. 잠긴 문 뒤에서 말이에요. 아직 도 그 문은 잘 잠겨 있나요?

에듀아르 그 문은 잠겨 있고, 빗장이 굳게 내려져 있지.

젤다 닫힌 문 속의 방, 그 방의 창문은 바다를 향해 있어요. 바다바람이 불어오고, 파도소리가 들리 라고 열려 있어요. 마치 우리들과 깊은 포옹을 하려는 듯이, 커튼들이 방안으로 날리고 있어 요. 코일 무늬는 아니었지만, 조가비도 있었어 요. 하지만, 닫힌 문도 폭풍우가 쓸고 지나가고, 우리가 어떻게든 그 방을 떠날 셈이라면, 뛰어 내린다고 해도 뼈가 으스러질 정도의 높은 창문 은 아니었지요.

에듀아르 당신 떨고 있군. 젤다, 추워?

젤다 *Au Contraire* [오 콩트레르 : 아뇨].

에듀아르   그럼, 놀랐어?

젤다   오, 아니에요! 당신은?

에듀아르   약간 충격을 받았지. 경솔했어.

젤다   하지만, 불쾌하진 않았나요? 그걸 그만했으면… 하고 바라는 건 아니죠? 그렇죠?

에듀아르   *Non, non au contraire* [농 농 오 콩트레르 : 천만에, 오히려 그 반대요]. 조가비, 새들, 바다와 하늘의 생명들….

젤다   안전장치를 준비해야겠죠. *cher* [쉐르 : 내 사랑, 애칭]. 잠그고, 빗장 쳐진 문처럼. 하지만, 닫힌 커튼 사이로 보이는 방에는 불이 켜져 있어야 하고, 그러면 분명 당신의 모든 것이 내 눈에 보일 거라구요. 내 마음의 눈에 지워지지 않고, 오랫동안! 이런 뜻하지 않은 경험이 마음의 눈을 멀게 한다고 하더라도 말이에요. 그래서? 언제? 내일? 내일? *Demain* [드맹 : 내일]?

에듀아르   내일 12시. 여기에서, *sur la plage* [쉬르 라 쁠라쥬 : 이 해변에서]. 우린 방파제까지 거슬러 헤엄쳐 갈 거야. 그리고 난 *auberge-de Reve Bleu* [오베르쥬 드 레브 블뢰 : '푸른꿈호텔']까지 우릴 태워 갈 택시를 기다리고 있을 거야.

젤다   약속할 수 있어요? 성스러운 비밀을 지킬 수 있냐구요?

에듀아르   *D'accord, d'accord, entendu*[*다꼬르, 다꼬르, 앙땅뒤* : 물론, 그리고 말고]!

젤다   *Merci mille fois*[*메르시 밀르푸아* : 정말 고마워요]!

에듀아르   아름다운 소녀라면 남자에게 자기와 같이 친하게 지내줘서 고맙다는 말을 하지 않아. …여태까지 어떤 여자가 우릴 해변가에서 쌍안경으로 우릴 보고 있었어.

젤다   (크게, 거의 소리치다시피) 우리가 주운 조가비가 얼마나 되죠?

에듀아르   꼭 두 개.

젤다   두 개면, '푸른꿈호텔'에서 충분히 우리 목적을 이룰 수 있어요.

에듀아르   당신은 낯설다가도, 정말 사랑스러워….

(댄서들이 다시 등장하여 무대 중앙으로 오자마자, 에듀아르는 병동 안으로 퇴장한다. 젤다는 댄서들의 춤이 자기 뒤편 무대에서 계속될 동안

무대에 앉은 채 남아 있다.)

젤다   (자신에게) 그렇게 해서 약속이 이루어졌어!
매들은 서로 태양과 같은 빛 속에서 만날 거야!

(막이 내려오면서 사랑의 *pas de deux*[2인무]
가 끝날 동안 젤다는 자신을 비춘 스포트 라이트
아래서 무대 위에 길게 눕는다.)

(1막 끝)

제2막

제1장

    2막 1장은 언덕을 훑고 지나가는 바람소리로 시작된다. 어두운 구름이 마치 언덕을 날려 보낸 것처럼, 정신병동의 잔디밭은 점점 어두워진다. 작은 별장의 방은 불꽃 같은 수풀이 있는 무대 아래쪽에 세워져 있다. 그곳에는 아치 모양의 헤드보드가 있는 더블베드와 의자 2개가 있다. 의자 하나는 침대 쪽으로 놓여 있다. 침대의 왼편 의자 위에는 에듀아르의 자켓, 셔츠 그리고 바지가 걸려 있다. 또 사진이 든 지갑과 재떨이 그리고 담배갑과 성냥도 있다. 침대의 오른편에 있는 의자에는 젤다의 드레스와 마개를 딴 한 병의 샴페인 그리고 안경 두 개가 있다. 젤다의 신발은 의자 옆에 있다.

    불빛은 마치 보름달의 빛이 덧문 사이로 비치는 것처럼

서늘함을 토해내고 있다. 에듀아르와 젤다(그녀는 더 젊은 모습이다.)가 보이고, 소품은 잘 정돈되어 있으며, 무대는 객석 쪽으로 완전히 노출되어 있다.

젤다   작은 호텔이 매우 어울리는 이름을 갖고 있네요.

에듀아르   *Reve Bleu, C'est à propos. Vraiment* [레브 블뢰, 쎄따프로뽀, 브레망 : 푸른 꿈, 딱 들어맞는 이름이군]. 어떤 기분이야, 젤다?

젤다   말짱해요. 아주 말짱해요. 정신병 환자는 제정신으로 돌아올 때까지는 천진난만하다구요.

에듀아르   *C'est lui, je crois* [쎄뤼, 쥬 크루아 : 그래, 바로 그 사람이야].

젤다   누굴 말하는 거죠?

에듀아르   난 당신 남편이라고 믿어.

젤다   아, 죽은 내 남편. 그이가 정원을 어슬렁거리고 있어요?

에듀이르도   *Non, Il est assis* [농, 일레따시 : 아니, 자리에 앉아 있어].

젤다   당신이 날 잊을 때면, 당신은 프랑스어로 말하는군요. 당신이 앉아 있는 곳이 어디죠?

에듀아르   *Sur la*[쉬르 라]…. 미안해, 벤치 위.

젤다   정말 끔찍하게도 스코트와 닮았네요. 자기 아
내이면서 자기 소설 속의 여주인공이 2층에서
자길 속이고 있는 동안 참을성 있게 계속 바깥
에 앉아 있었어요.

에듀아르   난 그 누구도 서로 인정하지 못한다는 걸 확
인했어. 난 아래서 큰 목소리를 들었어. 그동안
당신은 매우 거칠게 울고 있었어. 당신이….

젤다   그이가 술주정을 하고 있었나요? 가끔씩 나는
생각해요. 그이는 살아오면서 내내 술주정을 해
왔을 거라고. 그때 말고는….

에듀아르   난 그가 어렴풋이 느끼고 있다고 믿어. 난 그
가 알고 있다고 생각하는 거지. 그리고 미국 남
편들은 아내에게 늘 가벼운 불륜을 매우 심각하
게 받아들이지. 언제나 말이야. 표정을 보면 얼
굴에 그렇게 씌어 있다구.

젤다   가볍다구요? 가벼운 불륜? 스코트와 전 늘 조
용하게 사랑을 나누었어요. 오늘밤은 내가 거칠
게 울던 시간이었어요. 그렇지만, 당신은 얼마
나 얌전했나요. 놀랄 만큼 강했고, 완벽할 정도

로 자신감에 차 있었지요. 하지만 아니에요. 열렬하지 못했어요. 물론 당신에게 이 정도의 모험은 별것 아니죠. 내 경우는 이번 한 번뿐이지만…. 그리고 다신 이런 일이 없을 거예요.

에듀아르   그가 알고는 있지만, 우리가 호텔을 떠나고 나서야 비로소 분명히 알게 될 거라고 생각해. 비록 그가 벤치에서 오랫동안 계속해서 기다리고 있다고 해도 말이야.

젤다   그이는 새 애인이 있는 웨스트코스트로 비행길 타고 돌아가야 해요.

에듀아르   쉿….

젤다   샴페인이 아직도 싸구려 달빛마냥 서늘하군요. 난 당신 없이는 추워요. 돌아가요. 침대로 되돌아 가자구요. 우린 사랑만 나누었지, 같이 잠을 자진 못했어요. 이따위는 사소한 말다툼이에요. 말다툼은 소설가들이나 좋아하는 짓이죠. 뒤돌아보지 마세요. 난 당신의 뒷모습이 좋아요. 그건 프락시텔레스(Praxiteles)의 조각작품이에요. 그리고 달빛이 흘러내려 생긴 흔적마저도 사랑해요. 그건 온통 반짝이는 구릿빛이에요.

에듀아르   당신은 내가 몹시 조용하단 걸 알았지?

젤다   아뇨, 아니에요. 그이도 역시 얌전해요. 심지어 그의 작품마저도 큰소리를 내지 않아요. 필사적으로 참는 거죠. 매우 아름다운 모습이에요. 가끔은… 고상해 보이기도 하구요….

에듀아르   난 참아야만 했어. 잠잠히 있을 수밖에 없었다구. 그가 당신의 울음소리를 알아차렸는지도 몰라.

젤다   어떻게 그이가 내 울음소리를 못 들을 수가 있었던 거죠? 난 침대에서 일어났어요. 기운을 되찾았다구요. 당신에게 다가가기 위해서…. 아직! 뒤돌아보지 마세요. 당신의 등 위에 내 몸을 눕히고 싶어요.

에듀아르   *Pas si fort, la voix*[빠 씨 포르, 라 부아 : 목소리 좀 낮춰]!

젤다   하지만 그이는 언제나 알고 있죠. 문을 열고 소리쳐요. "난 당신 마누라를 빼앗았소!"라고 말 예요.

에듀아르   조용히 해. 그는 어떤 증거도 찾아내지 못할 거야.

젤다   (문 사이로 소리치며) 비행기가 당신에게서 날

데려간다구요! 아무런 대답도 하지 말아요, 에
듀아르.

에듀아르   대답한다는 건 살아있다는 증거야. 그리고 정
열도 있다는 증거지.

젤다   난 당신의 추억조차도 정열적으로 느꼈죠.

에듀아르   난 비행사야, 당신도 알고 있듯이, 그 수많은
직업 중에서 내 직업은 하늘을 나는 거라구. 그
게 나의 진정한 취미야. 난 언제나 멀리 날아가
버리게 되지.

젤다   난 알아요. 좋든 나쁘든, 내 역할을 계속해야
해요. 나, F. 스코트 피츠제럴드 부인은 알고 있
다구요. 그게 없었다면, 하늘과 결혼한 한 비행
사의 품에서 거칠게 울었던 여자로만 알 거 아
녜요? 내가 스코트를 사랑했나요? 그 사람에게
속해 있다는 것, 이게 사랑인가요? *Ça depend*
[사 데팡 : 마음대로 생각하세요]. 그가 나를 가지고
멋진 언어로 이루어진 불멸의 소설로 만든다면,
그게 내 인생인가요? 그게 정신착란에 대한 보
상인가요? 아무것도 없어요. 당신이 떠날 때, 내
게 아무것도 남겨주지 않았나요? 우리 사이에
분명 존재하는, 아름답고도 철부지 같은 두려
움, 그 속에서도 말이에요.

에듀아르   난 이 사진을 가지고 있어.

(젤다가 그 사진을 쥔다. 이때 잠깐 멈춤.)

젤다   모든 사진이 하나같이 닮지 않았어요. 그림도 마찬가지죠. 그건 그렇게도 사랑한 살아있는 육체의 체온도, 따뜻한 추억조차도 없어요. 당신은 가버리길 원하고 있어요. 당신의 초라한 사진을 남겨두고 말이에요. 사진이란 건, 크리스마스 동전에 나오는 황금색의 머리나 가슴, 그리고 허벅지를 감싸안은 청동으로 만든 손은 전혀 닮지 않았어요. 마치 광란과 죽음 후의 추억을 조각한 것 같아요.

에듀아르   아무도 몰래 해결하고 떠날 수 있을 거라고 난 생각해. 이상한 일들이 오늘밤에 일어나고 있어. 그것 속엔 도저히 이해되지 않는 점이 있어. 난 하늘 속에서 그걸 본다구. 그리고 바람 속에서 그걸 듣는다 말이야.

(새 울음소리가 들린다.)

Un rossignol[엥 로시뇰 : 나이팅게일 소리야].

(하늘로 얼굴을 쳐든다.)

Oui, je reviens[위, 쥬 르비엥: 그래요, 내가 돌아왔소]!

젤다　　난 당신이 말한 것을 알고 있어요. 당신은 돌아오고 있었다고 말했어요. 당신은 하늘에게로, 새에게로 오는 거라고 했어요. 제게 오는 게 아니구요.

(1920년대의 춤곡이 멀리서 들려온다.)

에듀아르　음악이야…. 파티가 시작됐군.

젤다　　여기서? '푸른꿈호텔'에서?

에듀아르　머피집에서 벌어진 댄스파티야. 우린 초대받았어. *Non-non*[농농 : 아니, 아니]! 앨라배마 어린이…. 의심받지 않으려면 제 시간에 도착해야 해.

젤다   (서둘러 옷을 입으며) 내 파티 드레스를 입어야죠. 그리고 당신은….

에듀아르   나도 입어야지. 정말 멋진 드레스야.

젤다   연분홍 시퐁의 속삭임. 아래는요? 아무 것도 없어요! 기억하세요? 우린 불빛의 가장자리에서 춤췄죠. 그리고 마치 섹스를 즐기는 것처럼 춤을 췄죠…. 어떤 어려움이 있어도, 난 우리 둘의 관계가 계속되기를 바랐다는 걸 당신도 알고 있잖아요.

에듀아르   내가 당신을 구해낼 수 있을까, 젤다? 우린 따로따로 가야 해, 그러니 내가 먼저 출발할게.

젤다   *Attends, un moment de plus*[아땅, 오 모망 드 쁠뤼 : 잠깐만요]! 왜 그들이 우릴 이 방에서 떠나게 하는 거죠? 우리 작은 별장을 말예요!

에듀아르   꿈은 그렇게 사라지는 거지.

젤다   꿈이 아니었어요, 정말 일어났다구요

에듀아르   그래, 한때 그랬지. 하지만 지금은 어때? …내 어깨를 할퀴지 말아요! 그렇지 않으면, 오늘밤 막사에서 변명해야 한다고.

(두 사람, 무대 뒤로 퇴장. 활기차고 즐거운 목소리가 희미하게 연이어 들린다. 그건 파티에 참석한 사람들의 소리다. 정신병동의 잔디밭이 등불들로 가득 덮여 다시 밝아진다. 이브닝 드레스를 입은 파티 손님들이 춤추고 있는 것이 보인다. 에듀아르가 무대 뒤에서 등장해서는 춤추고 있는 손님들의 사이로 지나간다. 바위가 있는 무대 아래쪽까지 온다. 2초 뒤에 젤다가 무대 뒤에서 등장해서, 바위와 벤치가 있는 무대를 돌아다닌다. 에듀아르를 따라, 파티에 참석한 손님들 사이를 뚫고.)

젤다　　(에듀아르에게) 어머, 안녕하세요! 본 지 너무 오래라 아예 가버린 줄 알았는데, 오랜만이에요. 그런데 머피의 댄스파티에는 우연히 들르신 거예요?

에듀아르　아니, 그렇지 않소. 신비로운 모험을 한 데 대해 당신에게 고마움을 전하기 위해 잠시 들렀을 뿐이오. 그리고, 당신을 만났으면 하고. …후회진 않아요. 루비목걸이가 달린 멋진 예복을 입으니, 정말 사랑스럽소, 당신….

젤다　　난 루비가 없어요. 소설가의 아내들은, 유명작가의 아내라 해도, 그리고 『Saturday Evening Post』에서 많은 원고료를 받는 작가라 해도, 많은 보석으로 장식하고 있진 않아요. 이 보석들은 오늘 같은 특별한 날을 위해서 사라 머피가 제게 빌려준 거예요. 몇몇 사람들은 매우 친절했어요. 오랫동안 당신이 기억하는 그 친절 말이에요. 나머지 사람들은 보잘 것 없었어요. 헤어져서는 어디론가 떠나가 버렸지요.

에듀아르 그곳에서 당신은 참 사랑스러웠소.

젤다 아까도 그래 놓고선.

에듀아르 내게 줄 사진이 없소?

젤다 돌려받고 싶나요? 당신이 내게 준 사진?

에듀아르 내가 말하는 건 당신 모습이야, 착한 당신.

젤다 뒷장에 뭐라고 써야 할 텐데…. 그 메시지가 당신 같은 젠틀하고, 민감한 비행사에게는 너무 솔직할까 봐 두렵네요.

에듀아르 난 그걸 딴 사람에게 보여주지 않고, 나만 볼 거야.

젤다 그렇게 사람이 많은 막사에서 프라이버시? 사진을 당신에게 돌려주고 싶어요. 난 그런 것 따위에 개의치 않으니까요. 난 물건을 별로 조심하게 다루지 않아요. 분명 침대 옆 테이블에 놔두었을 거예요. 여기 있어요. 가져가세요. 난 필요없어요. 가지고 싶지 않다구요. 사진이란 하나의 작은 기념품이죠. 하지만 결코 실체는 없는 거잖아요. 사진은 살 속으로 파고들진 못해요. 감정도, 분노도, 뜨거워져 폭발하는 법이 없죠. 난, 불에 대해 얘기할 참이에요. 맙소사. 불, 그 모든 걸 망쳐놓은 불의 속성에 관해서 말예요! 그 불을 당신은 결국엔 사랑하고 말았잖아요?

(에듀아르는 조용히 젤다의 손을 놓는다.)

에듀아르   아니야, 난.

젤다   난 확신하고 있어요. 당신과 당신이 탄 비행기가 결국에는 불에 타 없어져 버릴 거라는 걸 말이에요. 당신은 그 비행기를 타고 빌라 마리(Villa Marie)의 붉은 기와지붕 위를 곡예 비행했거든요.

에듀아르   실망시켜 미안하지만, 그건 내게 일어난 일이 아니었어.

젤다 그때 당신에겐 무슨 일이 일어났나요? 날 떠나간 그해 여름에 말예요.

에듀아르 음, 차례차례로. 그런 일들은 대부분의 살아 있는 생명체에는 모두 다 일어났어. 젤다, 난 늙었어….

젤다 아녜요, 당신은 아녜요. 그런 생각은 하지 마세요. *C'est défendu, C'est impossible pour toi*[쎄 데팡뒤, 세뗑뽀시블르 뿌르 뚜아 : 아니 아니, 당신은 늙을 리가 없어요]!

에듀아르 당신, 무척이나 로맨틱하군. 나는 늙었어. 훈장 따윈 내겐 큰 짐이었지. *Grand-croix de la Légion d'honneur, Croix de guerre*[그랑 크루 아 드 라 레지옹 도뇌르, 크루아 드 게르], 그리고 마지막으로 *Grand-croix au Mérite de l'ordre de Malte*[그랑 크루아 오 메리떼 드 로르드르 드 말테].

젤다 매우 많은 훈장을 받으셨군요! 난 전혀 몰랐어요. 그리 오래 전의 일이 아니라면 제가 축하해 드릴까요?

에듀아르 난 그런 것만을 위해 살아야만 해. 공명심, 명예훈장, 우리가 그런 것들을 위해서 살아야 한다는 것이 두려워.

젤다   그게 아니라면 존경할 만한 대안은 불꽃 속으로 떨어져버리는 거죠.

에듀아르   귀여운 앨라배마 여인, 당신 머릿속은 아직도 커다랗고, 환상적이고도, 숭고한 사랑의 상징물들로 가득 차 있군. 그것들 역시 얼마 지나지 않아 빛이 바랠 거야. 젤다, 제발 정신을 좀 차려.

젤다   그게 뭔데요? 난 당신의 부드러운 모습을 소중히 간직하고 있었기에 기뻐요…. 난 당신이 바라던 만큼, 분명히 매우 품위 있게 해냈다고 굳게 믿고 있어요. 자, 내게 뭔가 따뜻한 말을 해주세요.

에듀아르   당신은 아름다움으로 빛나고 있었소. 지금도 그래.

젤다   Reve Blue[*레브 블뢰*]이라 불리는 호텔의 환상이 있는 오늘밤, 난 내 몸에 꼭 붙어 있는 당신의 몸을 붙잡고 있다고 생각했어요. 너무 바짝 죄여서 내 몸을 파고 드는 당신의 뼈가 칼날 같았다구요. 당신은 청동빛이 도는 황금덩어리였어요. 지중해의 달빛으로 서늘해진 침대 위에 누운 당신 몸에선 모래와 태양의 냄새가 났어요. 그래요, 난 당신이 풀 먹인 린넨 아래에 있다고 느꼈어요. 당신은 조금 놀란 것 같더군요. 난 창녀가 아니라, 정숙한 남부 여인이에요. 그게 뭐 잘못됐나요?

에듀아르 아니, 그렇지만….

젤다 스코트는 그런 걸 느끼고 있다고 생각해요. 그이는 여자의 사랑이란 동화처럼 섬세해야 한다고 생각하고 있으니까요. 난 그가 아직도 내 눈을 충분히 바라봤다고는 생각하지 않아요. 그래서 난 그이 소설의 주인공처럼 행동하지 않았구요. 하지만, 당신은 비행사예요. 당신은 하늘에 도전하고 있다구요. 그렇지만, 나조차도 당신이 그걸 조금은 두려워하고 있다고 생각해요.

에듀아르 나 또한 그런 강렬함을 두려워하고 있어. 프랑스 사람이라면 자신을 사랑의 지배자로 만드는 남성우월주의를 가지고 있지. 젤다, 난 지금 프레쥬스(Fréjus)에 있는 숙소로 돌아가야 해.

젤다 늙고, 명예에 짓눌리러 가야 하는 거죠? *Croix de Calvary's Christ*[크루아 드 칼베르 드 크리스트 : 골고다 언덕의 예수 그리스도]는 제외하고 말예요.

에듀아르 우린 살아가면서 제 실속도 좀 차려야 해, 젤다. 살아가면서 그런 것도 중요한 줄 알아야 한다구.

젤다 뭐라구요? 나 자신을 위해 위해서 그러라구요? 사랑의 불꽃은 아무것도 태우지 않는 불꽃인가요? 심지어, 그림자 하나도 걷어내지 못하나요? 담뱃불을 붙이는 성냥불도 그것보다 나아요. 보세요, 에듀아르? 당신이 날 원한다면, 난 스코트에게 말할 거에요, 내게 자유를 달라고 말에요.

에듀아르 조심해, 주의하라구. 남편 스코트를 지켜야 해.

젤다 난, 정말 *Arc de triomphe*[아르끄 드 트리옹쁘 : 개선문] 꼭대기에서, 구름 한 점 없는 한낮에 당신과 사랑을 나누고 싶어요. 파리가 한눈에 들어오는, 한눈에 모든 것이 다 보이는 그곳에서.

에듀아르 그 호텔방의 그림을 보니, 우리에게 참 잘 어울렸어.

젤다 (씁쓸한 얼굴빛으로) 프라이버시가 얼마나 값이 나가는지는 당신이 잘 알잖아요! 값어치가 있어요? 당신은 두리번거리며 여기저기 왔다갔다 하면서 뭔가를 찾고 있어요. (자기가 별 가치가 없다고 생각하는 것에 에듀아르가 관심을 보이는 것에 화를 내며 다가간다.) 숲속에 쌍안경을 가진 여자라도 있어요? 비밀이라는 것이 그걸 싫어하는 사람들에게 몰래 알려진다면 진실이 되는 겁니까? 나 편한 대로 생각하면 되는 건가요? 그건 모두 눈속임인가요?

에듀아르   젤다. 제발, 우린 관계가 세상에 알려지면 안 돼.

젤다   당신 말씀은 '인생을 즐기지 말라'고 하는 것 같군요. 전 당신이 가버리길 원하지 않았어요. 그리고 나는 언젠가 당신이 여러 가지 장식이 달린 멋진 제복을 입게 될지도 모르기 때문에 이걸 알아야만 한다고 생각해요. 당신이 비행기를 타고 돌아간 뒤에, 난 당신을 향한 내 사랑을 자축하며, 난 진정제 한 병을 죄다 마셨다구요!

에듀아르   젤다! 쉿!

젤다   그리고 사라 머피는 언제나 내가 잠들지 않도록 침실에서 이리저리 걸어다니게 했어요, 언제나!

        (젤다의 열띤 고함소리가 나자, 에듀아르는 손으로 젤다의 입을 막았다. 잠시 동안 격렬하게 몸을 비트는 젤다. 그리고 나서, 젤다는 분노를 삭히고, 마침내 에듀아르의 어깨에 기댄다.)

에듀아르   *Pour quoi*[뿌르 꾸아 : 당신, 왜 그래]?

젤다   내가 할 수 있다고 지금까지 생각했던 건 네 가지의 피루엣(Pirouette)과 푸에테(fouette)가 전부였어요. 그리고 그건 결국 중국인 세탁소 세탁표만큼 알아차리기 힘든 것들이었죠. 그렇지만, 고함칠 열정은 남아 있어요. 오케스트라가 탱고를 연주하네요. 저, 미안해요···. 저를 댄스 플로어로 데려다 주시겠어요?

　　　(젤다가 에듀아르를 이끌고 음악소리 나는 곳으로 간다. ···스코트[그는 훨씬 더 젊어 보인다.]가 정신병원의 문에서 나올 때, 그들은 무대 뒤편으로 퇴장. 스코트, 잔디밭으로 달려온다. 그는 숨이 차고, 두 손으로 얼굴을 감싸쥐고는 흔들어댄다.)

머피   스코트가 젤다와 그 비행사 친구를 같이 봤을까?

스코트   오, 맙소사, 길버트 셀데스가 방금 우리집 너머의 자기네 발코니에서 내게 큰소리로 외쳤어.

머피 뭐라고 외친 거야?

스코트 (목이 멘 소리로) 조셉 콘래드가 막 죽었대.

머피 (움찔하거나 놀라면서) 정말이야?

스코트 (침착한 목소리로 비웃듯이) 정말이라니?

패트릭 캠벨 부인 여봐요, 파티에는 부고장 말고, 최신 유행이나 소문을 갖고 오세요.

스코트 (성이 난 얼굴로 그녀에게 돌아서며) 당신이 파티에 가져온 건 한물간 명성에다 이중턱 아닌가요?

머피 우리가 파티에 초대받았다면, 결국 우리는 파티에 참석한 거야. 그리고 여자들을 불쾌하게 대한다고 네 인기가 높아지지는 않아. 우리 친구를 모욕했으니. 그녀에게 사과하시지, 스코트.

패트릭 캠벨 부인 아닙니다. 절대 아녜요. 난 결코 욕먹은 일이 없어요.

스코트 당신과 당신들 모두가 날 놀라게 하는군! 나는 조셉 콘래드가 죽었다고 말하고 있는데, 당신들은 아무 일도 아닌 듯 자기 할 일을 계속하다니. …뭘 하고 있지? 메이폴(Maypole : 꽃기둥)을 세웠어? 이 파티가 어린이를 위한 거라면,

차라리 내 딸 스코티를 데리고 올 걸 그랬네. 콘래드의 죽음에 경의를 표하는 메이폴을 세울 겸 해서 말이야.

사라   난 분명 뭔가를 잃어버렸어. 할 말이 있었는데.

스코트   길버트 셸레스….

사라   오, 길버트 셸데스! 그 사람에 관해 물어볼 걸 그랬지?

스코트   사라, 내가 얘기했지? 콘래드가 막 숨을 거두었을 때, 옆 발코니에서 길버트 셸데스가 고함을 쳤다고. 우린 위대한 비극적 센스를 지닌, 유일한 작가를 잃어버렸지.

패트릭 캠벨 부인   오, 그게 바로 내가 콘래드의 작품을 읽으면서 너무 어렵다고 생각했던 이유예요.

스코트   저…, 내가 한 잔 마셔도 될까?

사라   그게 당신 대답이에요?

스코트   아니, 그건 바로 지금 내가 바라는 거지.

머피   스코트, 미안하지만 그 기분을 오늘밤까지만 좀 억제할 수는 없겠어?

스코트   뭘 억제하라는 거야? 존재에 대한 충격이 콘래드의 죽음을 가르쳐주었다고?

머피　　그래, 물론, 그렇지만 댄스파티에선 제발 죽음에 관해서는 얘기하지 말라구. 그리고 그 베니스 스타일의 술잔이랑 비커, 식기 따위를 내동댕이치지 말라구.

스코트　　오케이, *touché*[뚜쉐 : 건배]! …젤다가 여기 있어?

　　　　(탱고음악이 시작된다.)

사라　　그래, 그리고 내가 그녀에게 물었지. "스코트는 어디 있니?"라고. 그랬더니, "응, 일하고 있어, 일하는 중이야"라고 대답하더군요.

　　　　(젤다와 에듀아르가 탱고를 추면서 등장한다. 그들은 무대 중앙으로 오더니, 반대편으로 나가버린다.)

사라　　그녀는, 당신이 일 속에서 스스로를 잃어버렸을 때, 자기 자신도 잃어버린 거야. 그리고, 당신이 알고 있듯이, 그녀에겐 어려운 거야.

스코트   나도 알아. 그녀는 그걸 질투하고 있어. 저, 그녀는 프랑스 비행사를 알고 있지. 수영을 하고, 바위 위에서 일광욕을 한다구. 아마도 혼자는 아닐 거라구.

사라   그건 정말 아무렇지도 않은 불장난일 뿐이야, 스코트.

스코트   거기에서, 그들은 같이 춤추고 있어. 당신에게도 그게 순결한 것처럼 보여?

사라   탱고는 퀘이커교도의 스퀘어 댄스같이 보이지는 않아! 물랑루즈에서 우리가 유혹한 우아하고, 새로운 깜둥이가 노래 부르려 하고 있어.

스코트   수치스러운 일이지. 집어쳐! 뭔가 다 결정나 버렸어. 뭔가…, 닥터….

(스코트는 갑작스럽게 당황하는 것처럼 보인다. 조명의 변화. 파티의 손님들은 좌, 우측으로 퇴장하고, 닥터 젤러가 요양원의 문으로 등장해서는 스코트에게 다가온다.)

닥터, 어… 블로이머….

닥터 젤러   난 젤러 박사요.

스코트　　오늘 아침 '웨스트 코스트'에서 걸려온 전화로 내가 통화한 사람을 블로이머 박사에게 얘기해도 되겠습니까?

닥터 젤러　　피츠제럴드 씨, 당신은 지금 매우 당황해하는군요. 분명해요.

스코트　　당치않은 말씀입니다. 오늘 아침, 내가 블로이머 박사에게 말할 때는….

닥터 젤러　　일부러 꾸민 듯한 당황스러움은 아닌데요.

스코트　　분명히 닥터 블로이머는 내게 젤다의 상태가 매우 호전됐다고 얘기했고, 젤다는 오랫동안 진정된 상태였기 때문에 곧 퇴원할 수 있을 거라고 했단 말이요.

닥터 젤러　　나도 블로이머 박사의 얘기를 들었소. 하지만, 죄송하오. 그 사람은 우리 병원의 의료진이 아니라는 걸 아셔야 합니다. 우리는 당신 부인의 진료카드를 다 갖고 있기 때문에 그건 분명히 착오였다고 말할 수 있습니다. 물론, 당신 부인 젤다는 블로이머 박사가 연수를 받은 스위스의 한 요양원 환자였어요.

스코트　　제기럴, 분명히 누군가 내게 얘길 해줬고, 날 여기로 부른 거라구. 그리고 젤다의 병이 좀 나았다는 걸 보여주면서 날 안심시켰어. 그래서 난 입던 옷에다가, 별 주저 없이 첫 비행기를 잡아탄 거라구. 그리고 저길 좀 내려다봐! 당신도 저기 잊혀진 한 중년의 여인이 있다는 걸 인정하지?

닥터 젤러 피츠제럴드 씨, 난 『위대한 개츠비』의 먼지 낀 표지에 난 사진으로는 당신을 알아볼 수가 없었어요.

스코트 16년이 지났지. 『위대한 개츠비』는 16년 전에 나왔어. 그 전에 난 이미 중년이 되어버린 거야. 그 애처로운 생명체를 내게서 빼앗아가 버렸지. 나의….

닥터 젤러 젊음, 젊음이라고 말하려 했죠?

스코트 난 말하지 않을 거야. 분명히. 절대로 말 안 해. 당신이 내일을 알 수 있다면, 난 절대로 분명한 사실들을 쓰거나, 말하지 않는다는 걸 알아야만 해요.

(닥터 젤러는 스코트가 몹시 떨고 있다는 걸 알고는 스코트의 어깨를 손으로 잡는다.)

이 팔 치워! 난 내게 사람 손이 닿는 걸 제일 싫어한다구.

닥터 젤러   피츠제럴드 씨, 당신이 막 쓰러질 것 같아서요.

('쓰러질 것 같아서요'라는 말이 마치 메아리가 바람 속으로 사라지듯 반복되었다.)

스코트   그래요…. 가끔… 심하다 싶을 정도로. 젤다는 그 젊은 친구와 함께 저 아래 있었어요. 자기 체면은 아랑곳하지 않은 채…

닥터 젤러   아, 그래요. 부인과 함께 있는 사람은 우리 젊은 인턴 중 한 사람이에요.

스코트   젤다는 그 남자에게 남프랑스에서 사귀었던 젊은 비행사의 이름을 불렀어요. 이렇게 말입니다. '에듀아르…, 에듀아르!'

닥터 젤러   그래요, 피츠제럴드 씨, 우린 오로지 젤다가 당신 부인이기 때문이 아니라, 환자 자신을 위해서 치료해야 할 책임이 있습니다. 이런 우리가 만난 건 행운이지요. 난 문학작품 읽기를 참 좋아해요. 그리고 난 당신 부인이 쓴 소설 『나와 함께 왈츠를」도 읽었어요. 그 소설의 문장마다에는 때때로 당신의 작품에서보다 더 나를 감동시킨 서정적인 이미지가 들어 있다고 얘기하고 싶습니다. 괜찮죠?

스코트　　내 작품의 출판업자와 내가 그 책을 편집했어요. 글을 조리 있게 만들려고 무척 노력했지요.

닥터 젤러　　난 당신 작품을 비난하는 게 아닙니다. 난 당신작품을 비난하고 싶은 생각은 추호도 없어요. 난 내 신념을 말하는 것뿐이니까요.

스코트　　(젤다의 작품하고는 달리) 내 작품은 매우 잘 읽히고 정리되어 있습니다.

닥터 젤러　　그런 것 대신 아무래도 더 필사적으로 다듬으신 부인의 작품이겠지요.

스코트　　(젤다의 작품을 가리키며) 미쳤음에도 불구하고….

닥터 젤러　　좋습니다, 피츠제럴드 씨. 젤다 부인이 때때로 자신의 작품 속으로 하나의 불꽃처럼 뛰어들어 간다는 걸 나도 알고 있는 만큼 당신도 어렴풋이나마 느낄 거라고 생각합니다. 당신에게 이런 말을 해서 미안합니다만, 당신 작품에서는 그런 걸 결코 찾아보지 못했어요. 심지어 조금

비슷한 것조차도 말입니다.

(스코트, 흔들린다. 몸을 지탱하려 벤치를 붙든다.)

간호사! 피츠제럴드 씨를 안으로 데려가서는 진정제 주사를 맞혀! 안정시킬 수 있는 응급조치를 취하라구.

스코트   아닙니다. 필요 없어요. 협심증이 재발했을 뿐이요. 편한 의자가 있는 곳으로 가서 조금만 쉬면 될 겁니다.

(조명, 바뀐다. 장면은 파티장으로 변하고, 음악이 시작된다. 헤밍웨이가 도착한다. 무대 좌측 상단으로 등장해서는 Pavillion Ribbons[*빠비용 리봉*] 병동 뒤의 무대 중앙으로 온다.)

사라   해들리! 어네스트!

머피   뭘 생각하나, 어네스트?

헤밍웨이   뭘 말인가, 제럴드?

머피	젤다가 잘 생긴 젊은 프랑스 비행사에게 푹 빠져 있다며? 괜찮은 거야, 뭐야?
헤밍웨이	젤다가 미쳤지, 스코트도 이해 못하겠어. 그런 추측은 쓸잘 데 없고, 관심도 없다구.
머피	그녀는 완전히 혼자인 양 우리 사이를 방황하고 있다구.
훼밍웨이	정신병자의 고독이란 건 아무리 나이가 들어도 절대로 없어지지 않아.
사라	(큰소리로 부른다.) 젤다!
젤다	(부드럽게 부르며) 에듀아르?
헤밍웨이	수천 명한테 둘러싸여 있다고 해도, 그녀는 여전히 완전한 고독 속에 머물러 있을 거라구.
사라	당신은 어떻게 생각해요? 스코트의 알콜중독이 젤다를 미쳐버리게 했는지, 아니면 젤다의 광기가 스코트를 알콜중독에 걸리게 했는지.
헤밍웨이	스코트는 여간 재주꾼이 아냐. 작가로서는 아주 미묘한 감각을 가지고 있지.
머피	어네스트, 자넨 스코트의 어떤 재능을 인정하나?
해들리	스코트는 자기 작품보다 이이의 작품을 더 열

심히 후원한답니다.

(젤다가 병동을 지나서, 머피와 헤밍웨이의 뒤로 와서는 그들 사이에 선다.)

젤다 왜? (젤다가 뒷걸음질을 치면서, 사람들을 오른편으로 빙빙 돈다.) 내가 '왜'라고 했어요. 아무도 내 목소리를 못 들었어요? 그게 어네스트의 영원하고 남자다운 기질의 매력인가요? 그게 어떤 암시 아닌가요? 어네스트가 신경 써서 꾸며 놓은 프로권투와 투우장의 분위기, 그리고 거트루드 스타인의 사려 깊은 태도에 스코트가 넋이 나간 것 말이에요.

헤밍웨이 난 동전의 다른 한쪽도 잘 알고 있어요. 한쪽에 대한 지나친 칭찬은 다른 한쪽에는 질투심을 불러일으키죠. 강하게…. 아, 그리고 난 간단한 소개쯤은 받아들이지만, 그걸 원하지는 않아요. 내 작품은 끝날 때까지 단련되고, 굳어질 겁니다. 그때, 독자들의 선택으로 멈춰지게 되면, 제대로 가치를 발휘하게 되는 거죠. 그렇지만….

해들리 난 여전히 당신 아내구요?

헤밍웨이   잘하라구.

해들리   당신은 다음 차례에 버림받을지라도, 당신을 헌신적으로 사랑해 주길 바라죠?

    (잘생긴 흑인가수가 왼쪽 무대 밖에서 당시의 매력적인 노래를 부르기 시작한다. 무대상단으로 들어올 때는 콧노래, 병동 입구로 오면서는 제대로된 노래다.)

    내가 좋아하는 노랠 부르는 저 이국적인 젊은 남잔 누구죠?

머피   요즘 '물랑루즈'에서 최고의 인기를 끌고 있지.

사라   우리가 저이를 우리 파티에 불러왔지.

    (젤다, 무대 아래쪽에 있는 바위에 기대 앉아 있다. 사라가 젤다를 보고 가까이 다가간다. 흑인가수, 사라와 젤다의 대화 중에도 계속 노래한다.)

    젤다, 누군가 찾고 있지?

젤다   난 에듀아르와 함께 있었어. 그가 어디 있지? 어디로 간 거야?

사라   알잖아. 그는 막 작별인사를 하고는, 자기 막 사로 되돌아가야만 했다구.

젤다   에듀아르가 날 여기 이렇게 혼자 내버려둔 거야?

사라   젤다, 넌 여기 혼자 있는 게 아니야.

젤다   사라, 난 무서워. 난 왜 이렇게 사람 사귀는 재주가 없지.

사라   스코트가 있잖아.

젤다   스코트가 뭘?

사라   파티장에 도착했어.

젤다   스코트가 왔다는 사실이 내가 혼자가 아니란 걸 의미한다고 생각하니?

(노래, 끝난다)

사라   그는 충격을 받았어. 누군가가 죽었대.

(흑인가수, 무대 오른쪽으로 퇴장)

난, 그 사람이 누군지는 몰라. (목소리를 낮춘다.) 조심해, 젤다!

젤다 너 지금 내게 혀끝에 도는 이 말을 하지 말라고 경고하는 거니? 이 말이 게임의 질서를 더럽히게 될 거라구? 좋아. 난 지금까지 그 질서들을 핑계로, 그 질서에 달라붙어 있는 것에게 뭔가를 강요할 수 있었는지는 모르겠어. 특히 버림받았을 때 말이야. 내가 스코트를 처음으로 배신하게 한 그 젊은 남자. 유명작가 부인으로서의 내 존재의 그림자를 계속 지니고 있기보다는 차라리 한사람의 여인으로서 내 자신을 바치고 싶었던 그 젊은 남자에 버림받았을 때 말이야.

(스코트, 갑자기 젤다 앞에 서서는 그녀를 붙잡아서 흔든다.)

스코트 그만해, 그만! 혼잣말로 하라구! 난 알고 있었어! 여기서 공공연히 얘기할 필요 없잖아.

젤다 젊은 남자는 나를 거부했지. "당신, 실속을 차려!"라고 그이는 내게 경고를 했지. 그러고는 난 내 양심이 죽어버렸다고 생각했고, 난 마침내 미쳐버렸지.

(스코트, 손으로 젤다의 입을 막는다. 젤다, 스코트의 손을 물어버린다.)

스코트   제기랄, 내 손을 물다니. 내 손을···. 많은 사람들이 당신이 이따위 얘기를 한 줄 알면 당신을 아마 죽여버리려고 할 거야.

헤밍웨이   스코트는 광견병 주사를 맞는 편이 낫겠어.

(헤밍웨이 크게 웃는다. 몹시 취한 모습이 꼴불견이다.)

사라   어네스트, 그러지 말아요. 우리 모두는 이 일을 부드럽게 끝내기 위해 애써야 한다구요. 그렇잖으면 파티는 엉망이 되고 말 거예요. 오늘 파티가 얼마나 소중한 건데, 어쩌면 이번 시즌의 마지막이 될지도 몰라요.

(다시 춤곡이 흘러나온다. 흑인가수와 이브닝 가운을 입고, 몹시 야위긴 했지만 잘생긴 20대

여인이 무대 좌측 상단으로 등장해서는 무대 하단 우측까지 그들 나름대로 춤춘다.)

머피   사라, 여보, 당신이 좋아하는 멋진 흑인가수가 지금 춤을 추고 있어.

패트릭 캠벨 부인   저게 뭐지?

사라   춤? 아니면 누구냐구?

패트릭 캠벨 부인   어느 쪽이라도 잘 어울리는군.

사라   가수, 아니면 무용수?

패트릭 캠벨 부인   그들 둘 다 아주 자극적인 스타일로 춤추러 온 거구먼.

사라   저 가수는 지금 파리에서 최고의 인기를 누리고 있어요. '물랑루즈'에 출연하고 있죠.

패트릭 캠벨 부인   그리고, 저 여자는? 보기 드물게 좋은 몸매를 가졌군?

(춤추던 무용수 퇴장.)

사라   신경성 식욕감퇴 증상이 있는 것 같아.

패트릭 캠벨 부인   아, 당신은 모두 다 알고 있군요. 저이가 내게 아파치춤을 좀 가르쳐줬으면 좋겠는데? 난 언제나 아파치춤을 추고 싶어했지. 난폭하지 않고, 아다지오 풍으로 말이야.

사라　저이는 매우 융통성이 있어요. 하지만, 내가 저이에게 부탁한다면, 당신은 제게 할리우드에서 당신이 겪었다는 여러 가지 모험담이 진짠지 가짠지 얘기해 줄 거유?

패트릭 캠벨 부인　나에 관한 얘기들은 너무나도 대단해서 진실하지 못하거나, 심지어 터무니없는 것들이에요. 그 중에 뭘 듣고 싶어요?

사라　당신 강아지가 택시 안에서 그만 실례를 하고, 목적지에 다 와서는 택시운전수가 그걸 알고는 개한테 막 욕을 해댔죠. 그러자, 당신이 이렇게 말했대죠? "내 개가 한 짓이 아니에요. 내가 그랬다우."

패트릭 캠벨 부인　심지어 그게 사실이 아니라고 해도, 내가 어떻게 그런 재미있는 이야기를 부인하겠습니까? 그건 그렇고, 아파치 춤은?

(노래, 반복된다.)

사라　　　그가 끝나고 나면.

（가수, 무대 밖에서 콧노래를 부르기 시작한다.）

패트릭 캠벨 부인　정말 매우 멋진 파팁니다. 우리 모두도 다 멋져요. 당신은 무언가를 알고 있죠?

사라　　　난 손님 명단을 체크할 겁니다.

패트릭 캠벨 부인　사실이지. 전에는 이것과 비교할 것이 없어요. 저것 봐요. 스코트가 다시 왔는데.

사라　　　난 스코트가 어네스트에게 다가갈 때마다 한바탕 소란이 일어날까 봐, 웨이터들에게 주의를 줘놓지요.

패트릭 캠벨 부인　그렇군요….

사라　　　뭐라구요?

패트릭 캠벨 부인　방금 '그렇군요'라고 했어요. 내가 훨씬 더 재담 넘치는 얘길 했지만, 그런 말을 할 수 없는 상황이 있는데. 죽음이란 그렇지요. 다시 말하면 수없는 '아니오'라는 잔인한 외침 뒤에, 글쎄요, 결국은 '좋아', '좋아', '그렇군' 뭐 이렇게 하는 게 아닐까요?

(가수, 오른편에서 등장해서, 병동의 출입구 쪽으로 오면서 부드럽게 「세련된 여인」이란 노래를 부르기 시작한다. 스코트는 무대를 가로질러 헤밍웨이에게 간다.)

스코트   밀크 쵸컬릿의 요정이 「세련된 여인」에 대해 뭘 알고 있다는 거지?

헤밍웨이   스코트, 왜 저 친구한테 물어보지 않는 거지? 가서 저 친구에게 물어봐.

스코트   내가 겁먹었다고 생각해?

헤밍웨이   자넨 아직 그렇게 취하지 않았어.

스코트   이것봐! (스코트, 가수에게 다가간다.) **헤이! 밀크 초컬릿, 당신에게 물어볼 게 있어. 당신이 좋아하는 건 남자야 여자야?**

(스코트에게 거칠게 달려드는 가수, 일격에 스코트를 때려눕히고는, 무대 우측으로 퇴장. 사라, 머피에게 간다.)

사라   어떻게 된 거예요?

머피	헤밍웨이가 슬쩍 알려준 거야.
사라	파티석상에 그들을 같이 모이게 하면 절대 안 돼요.

(그녀는 목소리를 높인다.)

누구든지 저녁 생각이 있으시면 *pavillion*[빠비용] 별관으로 가시죠. 부페 식사를 차려놓았어요.

패트릭 캠벨 부인 부야베이스* 냄새가 나는데?

(별관에서는 파티가 시작되어 무르익는다.)

헤밍웨이 늙은 여우는 결코 죽지 않는다. 다만 부야베이스 냄새를 맡을 뿐이다.

(스코트 일어선다. 헤밍웨이, 음료수 쟁반을 들고 있는 웨이터에게로 간다.)

---

* 마르세이유 명물인 생선 스튜

신사숙녀 여러분들이 우리를 외롭게 버려둔 듯이 보이는데 그 이유가 뭐야? *mano-mano* [일대일이라는 건가]?

(스코트는 당황한 듯이 보인다.)

오, 당신은 투우장 용어를 잘 모르고 있군요.

스코트　　헤밍웨이, 그런 것들은 미안하지만 대체로 내게 무의미하다네.

헤밍웨이　　(스코트에게 음료수를 넘겨주며) 엎지르지 않도록 조심! *À chancun sa merde*[아 사껭 사 메르드 : 다들 나름대로 문제가 있지].

스코트　　상한 심장은 때때로 당신을 비틀거리게 하지. 심지어 니트로(nitro)를 먹고난 후에도 말이야….

헤밍웨이　　난 네가 잠을 청하지 못하는 이유를 알지. 다시 일어나지 못할까 생각하게 되잖아. 그렇지만, 또 넌 항상 선잠 든 것 같은 사람이잖아. 나는 수리점에서부터, 그 지붕 없는 르노(Renault)를 손에 넣기 위해 리용까지 여행한 너를 기억하고 있어. 돌아오는 길에 비가 그쳤을 때, 넌 잠못 이루는 밤을 보내고 있었지.

스코트	그 망할 놈의 감기 생각이 나는군.
헤밍웨이	그래, 넌 감기에 걸렸지. 그래, 맞아…. (안절부절하지 못하며 왔다갔다 한다.) 스코트, 난 항상 서로 안다는 것은 작가에게 있어서는 큰 실수라는 생각을 갖고 있다네. 보통 남자들의 기질로 보면, 경쟁적인 요소는 특히 작가들의 그것보다 훨씬 더 두드러져 보인다네.
스코트	그렇게 많은 공통점이 있어? 너와 나처럼?
헤밍웨이	오로지 직업이지.
스코트	감수성이 아니고?
헤밍웨이	네 것과 내 것은 전체적으로 달라, 스코트.
스코트	그럼에도 불구하고…, 우리가 항상 같은 여자에 관해서 글을 쓰고 있다는 거야. 너는 여러 모습으로 남아 있는 브렛 애쉴리 부인에 대해서 글을 쓰고 나도….
헤밍웨이	젤다 그리고 젤다, 그리고 또 젤다. 마치 너는 그녀의 주체성마저도 전유하고 싶은 게지. 그리고 그녀의….
스코트	그러고는?
헤밍웨이	미안해, 스코트. 방금 말하려 했네. 성별까지

도. 그것이 올바른 것은 아닐 거야. 성(性)의 이면이 일부 작가들에게 유용하게 쓰인다는 것은 흔히 있었던 일이지.

(헤밍웨이, 스코트 가까이로 간다. 둘은 잠시동안 서로 순수한 감정이 교류되고 있다. 그러나 헤밍웨이는 그것을 무서워하고 있다.)

그래, 일부는 훌륭한 남자를 만들기 위해서, 그리고….

스코트   헤밍웨이, 넌 책 속에 자신의 모습을 얼마나 자주 그려 나가느냐에 구애받지 않고, 마를 줄 모르는 관심과 복합적인 기질을 가지고 있다니 참 행복하구나.

헤밍웨이   나약한 소리 하지 마. 『강을 건너 숲속으로』에 나오는 콜로넬 칸트웰과, 『무기여, 잘 있거라』에 나오는 부상당한 미국 패잔병이 닮은 점이 뭐지?

스코트   난 콜로넬을 기억하고 있지는 않아. 그렇지만 나는 그가 너의 수많은, 그리고 늘 매력 있는 자화상 중에 하나란 점에 있어서는 일말의 의심도 갖고 있지 않아.

헤밍웨이   빌어먹을! 정직한 작가들이 만드는 모든 저주받을 등장인물들도 모든 작가들이 자신의 일부라는 걸 안다는 사실을 너도 잘 알고 있잖아, 그렇지 않아? 좋아, 그렇지 않은 거야?

스코트   우리는 너가 양성(兩性)이라고 부르는 것처럼 많은 자아(自我)를 가지고 있어. 헤밍웨이? 그걸 인정하자구….

헤밍웨이   뭘?

스코트   친구들, 헤밍웨이. 진실하고 매우 속깊은 친구들. 자넨 지붕 없는 르노를 위해 리용까지 여행을 하고는 멈췄지. 그것은 젤다가 차의 지붕을 싫어했기 때문에 지붕이 없었던 거지.

헤밍웨이   어떤 날씨라도?

스코트   헤밍웨이, 넌 젤다를 절대로 이해 못해. 나만큼도 이해 못한다구.

헤밍웨이   너만큼도 젤다를 이해하지 못한다구?

스코트   나 역시 젤다를 이해하지 못해. 그래, 난 지금 그걸 알고 있어. 그렇지만, 그녀를 사랑했어.

헤밍웨이   그리고 그녀를 미워도 했지. 동양인 이민자들이 말하는 '쌤쌤'! 적도, 연인도 모두 같이 말이야.

스코트　　너는 마치 내 주벽(酒癖) 때문인 것처럼 그녀를 미워했고, 그녀를 나무랐지. 그리고 알다시피, 그것에는 두 가지의 모호한 이유가 있어. 넌 내가 단지 위대한 작품 『개츠비』만을 갖고 있다고 믿고 싶었던 것, 그리고 젤다와 술 마시는 것, 이 둘이 『개츠비』와 같은 작품을 쓸 수 없게 했을 거라고 믿고 싶었겠지. 그러고는….

헤밍웨이　　스코트, 자넨 그것들이 내 부러움을 샀다고 생각하나?

스코트　　내가 브렛 애쉴리 부인의 완벽한 과거사를 작품에 쓰이지 않게 해준 것에서 『태양은 또 다시 떠오른다』를 건져냈다는 사실보다도 더, 그것은 그냥….

헤밍웨이　　만일 내 자신의 비평가적 재능이 어떤 힘을 제대로 발휘하지 못했다면…, 맥스웰 퍼킨스가 있었는데….

스코트　　내가 널 그 사람에게 소개했지. 그렇지만, 헤밍웨이. 이건 충분히 인정하는 게 좋을 거야. 넌 그걸 마다했고, 그래서 넌 누군가에게 전문적인 도움을 받는 걸 싫어했지.

헤밍웨이　　누군가가 마음속에 품고 있는 환상 같은 진실을 시인하지 말라구. 에이, 제기랄, 그 무엇이라도 너에겐 위안이 되었다는 걸 믿으라구. 그걸 믿어. 그렇지만, 그것들이 계획된 진실임을 지금에 와서 증명하려고 들 필요는 없지. 난 너에게 그런 위안은 줄 수 없어.

스코트　　어네스트, 넌 내게 친절하기도 잔인하기도 했지. 물론, 리용에서 몹시 앓았던 밤에도 그랬지.

헤밍웨이　　리용이 아니지. 리용 다음에 찾아간 샤롱-쉬르에서.

스코트　　어느 곳이었는지는 사실은 문제가 아냐. 난 폐렴에 걸렸지. 자넨 날 따뜻하게 보살펴주었어.

헤밍웨이　　(재빨리 말을 자르며) 그날 밤? 스코트? 넌 소녀 같은 피부, 소녀 같은 입, 소녀 같은 부드러운 눈을 하고 있었지. 그리고 넌 내게 꼭 치료해 달라고 애원했지. 그래서 난 너를 보살펴준 거야. 그래, 난 애처롭고, 연약한 모습의 널 보았어.

스코트　　내 모습이 그랬고, 그런 부탁을 했다면….

헤밍웨이　　넌 그랬어.

스코트　　그런 것들이 불쾌하진 않던가?

헤밍웨이　날 무척 귀찮게 하곤 했지.

스코트　왜지?

헤밍웨이　차라리 난 더 자세한 이유를 알고 싶지 않았기 때문이야. 어때 안 그래?

스코트　아무도 알지 못하는 그런 특별한 환경에서, 그렇게 하면 왜 안 된다는 건지 난 도무지 알 수가 없어.

헤밍웨이　자네, 정말 순진하고 좋아. 스코트, 자네 어른이 되어 본 적이 있나? 늙어간다는 게 아니라, 어른. 응? 말할 수 없어?

스코트　난 너의 어떤 짧은 이야기를 기억해 내고 있는 중이야. 제목은 지금 당장 떠오르지 않지만, 얘기는 기억이 나. 한 이탈리아 장교가 1차대전 중에 눈에 고립된 알프스의 야영지에서 수개월 동안 모종의 관계를 맺은 한 여인을 떠나는 거지. 그는 한 소년을 보호하는 젊은 연락장교였지. 그 소년은 남녀가 뒤섞인 듯한 묘한 매력을 가진 소년이었지. 마침내 그 남자는 그 소년에게 약혼은 했는지 물었지. 그 소년은 결혼을 했다고 말했어. 소년은 장교의 눈을 피하고서 얼굴을 붉히며 말했지. 그러고는 재빨리 바깥으로 뛰어나간 거지. 그 장교는 그 소년이 거짓말을 했을지도 모른다고 곰곰이 생각하고 있었어.

헤밍웨이   난 또한 『변하는 바다』라는 소설을 쓴 적이 있어. 유럽으로 가는 배에 한 청년과 그 청년보다 한두 살 더 먹은 듯한 다른 청년. 이렇게 두 사람에 관한 이야기지. 처음으로 한 청년은 다른 청년이 어느 날 밤에 자기에게 베푼 호의에 충격을 받았지. 어쩌면 충격을 받은 척했는지도 몰라. 그러나 바다에는 어떤 변화가 생기고, 항해가 끝나갈 무렵, 겉으로 보기에 한 청년의 충격은 다른 청년의 호의를 그냥 받아들이는 것 이상이 되어버렸지. 보라구, 스코트. 모든 인간 관계를 보고, 해석하는 것이 내 직업이야. 그것이 바로 작가들이라면 해야 하는 일이지. 아마도 우리의 이런 대화는 뭔가 어설픈 것인지도 모를 일이야. 하지만, 우리는 그런 걸 보고 나름대로 해석하면서 이것이야말로 진실이라고 자신을 명예롭게 여길지도 몰라. 언젠가 나는 분명히 나 아닌 한 인간의 이야기를 쓸 거야. 아니면, 나와 관련이 있는 어떤 인간의 이야기를 쓸 거야. 그건 순전히 자네의 이야기가 될 거야, 스코트. 그 속에서 자네의 당황하는 모습은 통찰력 있는 독자라면 분명히 볼 수 있을 거야. 너도 알다시피, 난 나의 옛 친구와 내가 입은 수많은 은혜를 애초 배신해 버릴 수도 있어. 그건 적어도 곧바로 나 자신을 완성시키기 위해서일지도 몰라. 먼저 비행기의 프로펠러 속으로 걸어 들어가는 시도를 해본다든가, 실패하게 되면 코끼리 사냥총으로 나의 쓸모없는 머리통을 폭파시켜 버리는 거지. 그래, 난 어쩔 수 없는 나의 고독 속에서, 나 때문에 남이 느끼는 배신감을 씻어주기 위해 이렇게 과격한 사형선고를 스스로 내리는 것인지도 모르겠어.

(사이. 헤밍웨이, 스코트에게로 돌아선다. 그러고는 냉정하고도 자존심 센 얼굴 표정으로 객석을 응시한다.)

그래서, 이쯤에서 난 이 게임을 끝내려고 하네. 내가 지금까지 한번도 뱉어본 적이 없는 '고독'이란 단어가 들어 있는 고백으로 동정을 구하지 말라구.

(사이)

…바로 나?

(그는 사실을 명백하게 납득시키지 못했다는 표정이다.)

…내가 그랬다구?

(스코트, 그를 마주본다.)

스코트   어네스트, 넌 그것에 대해 어떤 해답을 구했다는 걸 뉘우치고 있는지도 몰라. 그것에 해답을 바라는 거야?

헤밍웨이   자네가 내게 줄 게 있다면.

스코트   난 자네가 나보다 더 외롭다는 사실을 믿을 수 없어. 그러니까, 자네는 아마도 젤다만큼 외로운 거구먼.

(그들은 서로 노려본다.)

헤밍웨이   빌어먹을! 해들리, 해들리, 날 좀 불러줘. 게임은 쉽게 끝났어. 이젠 더 이상 할 수도 없어! (여자 목소리의 노랫소리가 무대 밖에서 들려온다. 노래는 「마 비온다 [Ma bionda]」). 자넨 전혀 알지 못했던 미스 메어리의 목소리야. 멋지고, 사랑스러운 친구지. 그리고 사냥 친구, 낚시 동료이기도 하고⋯. 마지막엔⋯. 내가 아무런 이유도 없이 내 머리통을 박살내려고 결심하기 전날 밤 우린 같이 노래를 불렀지. 하지만, 이유는 있었어. 분명한 이유지. 내 작업은 끝났고, 아주 열심히 일했지. 모든 것이 끝났어. 더 계속해야 할 이유가 없었다구. 스코트, 자네 같으면 뭘 했겠나?

(헤밍웨이는 쉰 목소리를 내며 무대를 가로질러 별관에 마구 늘어뜨려진 야릇한 장식 실크리본을 밀치며 간다. 그 목소리는 미스 에어리의 목소리에 묻힌다.)

(잠시 사이)

스코트   젤다? 젤다?

조명, 서서히 어두워진다.

제2장

무대는 연극이 시작할 때와 같은 시간과 장소.

황혼이 지면서 하일랜드 수용소 앞 잔디밭에 건물의 그림자가 길게 드리워진다. 스코트, 불꽃처럼 보이는 나뭇잎 가까이의 벤치 위에 이전 장면의 마지막 포즈로 앉아 있다. 수녀들, 출입문 가에 서 있다. 그들은 천천히 팔을 들어서, 박쥐날개 같은 소매로 젤다가 의상을 갈아입는 것을 가려주고 있다. 스코트는 비틀대며 일어서서는 쉽사리 믿지 못하겠다는 듯이 그 기괴한 장면을 두리번거리며 쳐다본다. 낮은 구름이 휙 하고 지나가는 풍경이 사이클로라마에 투사된다. 구름의 파편들이 프로시니엄을 가로질러 흩어진다. 프로코피에프나 스트라빈스키의 작품인 듯한 미묘하고

도 구슬픈 음악. 음악은 수녀들이 출입문에서 서서히 팔을
내리면서 사라진다. 1막 1장에서의 모습으로 드러나는 젤
다.

젤다　　(수녀1에게) 그이가 아직도, 이렇게 늦은 시간
　　　　에, 이렇게 추운데, 그런 제철 아닌 옷을 입고,
　　　　작별인사를 하려고 밖에서 기다리고 있단 말예
　　　　요?

　　　　(에듀아르, 흰 가운의 인턴 복장을 하고 젤다
　　　　뒤에 나타난다.)

인턴　　친절하게 대하세요. 그는 신사고, 또 예술갑
　　　　니다.

젤다　　위험한 조합이죠.

인턴　　네, 좋아요. 그는 두 가지를 다 이루려고 했기
　　　　때문에 대단한 고생을 했습니다. 그러니까, 저
　　　　사람에게 친절하게 대하세요, 젤다.

스코트　　(부른다.) 젤다?

젤다　　물론, 난 그이에게 가능하면 친절해지려고 해
　　　　요.

인턴   그에게 마지막 성찬을 베풀도록 해요. 내 말이 무슨 뜻인지 당신은 아시겠죠? '나의 피는 그대들에게 주기 위해, 그대들을 위해 흘려졌나니, 나를 잊지 말고 이걸 마셔라….'

젤다   그런 신(神)은 존재하지 않아요. 그리스도의 거짓말은 그렇게도 아름다운 거짓말이라구요. 특히 한밤중 교회 묘지의 십자가에 못박혀 있는 그리스도상 앞에서는 말이에요.

인턴   그의 사도들은 그리스도가 부활한다고 했어요.

젤다   하일랜드 병원의 잔디밭에 말이죠.

스코트   젤다?

젤다   (인턴에게) 퇴원하기 전에 당신을 다시 만날 수 있을까요?

인턴   네, 물론.

(젤다, 천천히 스코트에게로 간다.)

젤다   난, 지금 그이에게로 다가가고 있어. 그리스도가 아닌 신사의 그림자가 드리워진 그에게로.

세상의 끔찍한 일들과 부딪쳐 살아오는 동안, 내 사랑하는 스코트가 어떻게 그리스도와 비할 정도의 인물이 되었는지 믿을 수 없어. 난 아직도, 더러운 치마를 입은 잔인한 영혼에 지나지 않는데. 그런 내가 오랫동안 이 정신병원에 갇혀 있었는데도 말이야. 그걸 이겨내고서…. 그래, 그건 사실이야. 거짓말 같은 사실이라구.

스코트   (부드러운 목소리로, 벤치에 주춤거리며 앉는다.) 거짓말 같다구? 그래?

(젤다, 스코트 앞에서 잠깐 멈춘다. 그의 어깨를 만지고는 무대 아래쪽 가운데로 가로질러 온다.)

젤다   (무서운 모양의 넝쿨 쪽으로 등을 돌리고 서 있다.) 믿을 수 없다는 것은 오로지 진실하다는 거예요, 스코트. 왜 당신은 그렇게도 간단한 걸 찾아내기 위해 미쳐야만 하는 거죠? '산다는 것은 누군가를 믿고 따르는 것'이라는 당치않는 거짓말로 누군가를 속이고 있는 사람은 누구죠? 미친 사람은 쉽게 속아 넘어가지 않아요. 우린 그런 새빨간 거짓말에 속지 않는다구요. 아, 아니에요. 당신이 모르는 걸 우리가 알고 있는 것이나, 아니면 당신이 알고 있는 것을 우리가 차마 받아 들일 수 없는 까닭은 바로 '산다는 것은 가장 거창한 거짓말'이기 때문이죠.

(어느새 관객을 응시하는 젤다.)

우리가 미쳐버린다거나 뭔가 창조적인 행위를 하지 않는다면, 우리가 무엇을 할 것인가 하고 결정한다는 것은 어린아이가 태어날 때의 첫 울음소리와 숨을 거둘 때의 마지막 호흡처럼, 잘 정돈된 삶에 굴종하는 한 모습에 지나지 않죠. 스코트, 내가 창조적인 삶을 살아보겠다는 희망은 이곳에서 천 마일도 떨어지지 않은 곳에 있는 한 인간 때문에 좌절되어 버렸어요. (젤다, 스코트와 마주 본다.) 무엇이 날 이 지경으로 만들었는지 보세요.

스코트 난 당신이 저녁을 먹으러 갔다고 생각했어.

젤다 난 5시에 억지로 저녁을 먹지는 않아요. 특히 정원에 아직도 남아 있는 손님과 함께는 말예요. 난 아직도 예절을 다 잊어버리진 않았다구요. 결국엔 다 잊어버리겠지만….

(젤다, 벤치로 간다.)

스코트   자, 잠시라도 앉지 그래.

젤다   저 불꽃 같은 넝쿨이 보이지 않도록 벤치를
좀 옮겨주세요.

(스코트, 일어난다. 그들은 벤치를 더 예각[銳
角]으로 둔다. 그러고는 스코트 옆에 앉는 젤다.
그의 손을 쥐고서, 그의 흰 머리칼을 어루만지면
서.)

내가 나이가 들면서, 내 마음속에 실망감이
자꾸만 쌓이고, 모든 것에 대한 환멸이 점점 더
늘어만 갔어요. 그건 흔히 있는 일이죠, 그렇죠?
단순히 늙어가는 과정이라구요. 순응한다는 것
은 마치 촛불처럼 새벽녘이면 희미해져 가는,
그런 신념만을 낳더군요. 뭐라고 해야 하죠? 그
꺼져가는 조그만 불빛을 보고 있으면 언제나 섬
뜩한 생각이 들었어요. 내 맘을 날려보내 버렸
지요. 그때, 지혜, 그래요, 삶에 순응하는 슬픈
지혜. 그걸 난 받아들일 수 없었어요. 당신도 알

다시피, 낭만적인 생각을 갖고 있는 사람은 그게 안 되더라구요. 술과 정신병은 같은 거예요. 우린 버림받았어요. 세상과 격리되어 있는 거라구요. 격리되어 있다면, 왜 헛된 꿈들은 미친 말처럼 뛰면서, 꿈을 잃어버린 시간 속으로 되돌아가는 거죠? 당신이 두려워하면서 멀리한 사랑은 이제 꿈속으로 되돌아오고 있어요. 병에 차도가 있어요. 당신은 꿈결 밖으로 밀려나 현실로 떨어졌어요. 그래요! 단지 잠깐의 고난을 경험하기 위해 바위, 차갑고 삭막한 바위 위로 말예요. 당신? 내가 몽고메리에서 어머니와 함께 있던 마지막 시간, 난 종점까지 전차를 타고 가곤 했죠. 그 어디에도 갈 곳은 없었어요. 그래도 갔죠. 누군가 내게 물었어요. "무엇 때문에 이러는 거지?"라고 말예요. 난 대답했어요. "다만 뭔가를 해보려는 것뿐이에요". 그래요, 난 나의 유일한 진짜 집이 있는 환상의 세계로 되돌아갔어요. '안녕'이라고 마지막 작별인사를 할 때 말했어요. "걱정 마세요. 난 죽음이 두렵지 않아요"라고 말이에요. 당신, 왜 두려워하는 거죠? 말해야만 해요. 어서 말하세요. 그것쯤이야라고 쉽게 생각해선 안 돼요.

스코트   젤다, 이 춥고 바람 부는 언덕배기에서 그 닳

아빠진 비난이나 퍼붓지 말고, 날 포근하게 감
싸줄 수 없어?

(젤다, 일어서서는 자기의 코트를 집어든다.)

젤다   당신에게 저의 큰 담요를 드릴게요, 스코트.
그리고 그 대가로 마지막 부탁이 하나 있어요.
마지막. 저 닫힌 문 너머 저쪽에 형체를 알아볼
수 없는 잿더미가 아홉 개 있다면, 어떻게 해서
든지 그걸 흩어서 바다로 날려보내 달라고 바람
을 좀 설득시켜 주실 수 있어요? 그게 바로 절
깨끗하게 만드는 방법이에요. 제발 그렇게 좀
해주세요! 악마의 저주나 받으라지.
악마, 내 사랑, 그렇게…, 좀…, 해 주세요.

(스코트, 젤다의 억센 기운에서 빠져나와 일어
선다. 무겁게 숨을 내쉬면서.)

오, 당신은 흥분했어요. 그게 크로포드를 주
연으로 하는 영화시나리오 집필에 거는 기댄
가요? 그녀는 엘레아 노라의 도제가 아니에요.
물론 사라 베르나르도 아니구요. 그녀는 자신

을 지키기 위해 열심히 싸우고, 잠시 동안이나마 거머쥘 자기의 영토를 가지고 있는 그녀에게 난 단 한마디만 했을 뿐이에요, 여보. 『알라의 정원』에 대해 나의 정중하고도 품위있는 관심을 보여주기 위해서였죠. 그리고 보세요. 당신은 매우 흥분했어요. 약한 심장에는 흥분이 제일 해롭죠. 왜 당신은 그녀에게 굉장히 많은 비난을 퍼부었다는 걸 말하지 않았죠?

스코트   당신은 분명 날 오해했어.

젤다   오, 좋아요. 안심이 되는군요.

스코트   여긴 바람이 차요, 젤다.

젤다   염려 마세요. 바람에 날려가 버리거든요. 우리가 처음 시작했던 그 쾌활하고, 그 멋모르던 시절로 돌아가요.

스코트   그것 역시 바람에 날려가 버렸어.

젤다   당신, 몸을 떨고 있군요. 아직도 크로포드 때문에 가쁜 숨을 내쉬고 있군요.

(젤다는 볼품없는 코트로 스코트를 자꾸만 덮어주려 한다. 그는 다시 그걸 던져버린다. 그 행동이 그를 어지럽게 한다. 스코트는 벤치의 손잡

이를 붙잡고 있다.)

　　아니, 스코트! 당신은 내가 피치카토를 하려고 할 때처럼 날 어지럽게 하는군요. 우리가 피크닉에 가서 하는 것처럼 풀밭 위에 길게 누우세요. *au bord de l'Oise*[오 보르 드 루와즈 : 와즈 강변에서처럼].

　　(스코트는 힘없이 머리를 흔든다.)

　　조용하게 호흡하세요. 쉬어요. (젤다, 스코트의 손목을 잡는다.) 당신의 맥박이 어디 있어요? 당신 맥박을 느낄 수가 없어요.

스코트　　걱정하지 마….

젤다　　누군가 당신에게 이런 신체적인 이상을 지적해 줬어야 했어요. 당신을 놀래주기 위해서가 아니라….

스코트　　(모르는 사이에 말이 튀어나온다.) 당신은 내게 내가 날 돌보지 않아도 아무렇지도 않다고 얘길 했잖아. 우리가 만나고 나서부터는 내내 실수의 연속이었어! 우리가 결혼이란 제도 아래 우리의 삶을 이끌어내기 위한 노력이 엄청난 실수로 이어졌어. 우리 둘에게 모두 비극이야. 결과적으로는 녹아버린 많은 꿈들이지.

젤다   가엾은 스코트.

스코트   '개자식 같은 놈'이란 뜻이겠지.

젤다   나무랄 데 없이 품위있는 당신 어머니의 말버릇이 그렇군요!

스코트   컷!

젤다   무슨 뜻이죠?

스코트   그건 한 장면이 끝났을 때, 감독이 소리치는 거야.

젤다   끝났어요, 정말? 면회 온 손님에게 끝났다는 종이 울리고, 우린 지금 서로의 격리된 세계로 되돌아갈 수 있는 거죠?

(젤다는 머리를 돌리고, '컷!'이라고 소리친다. 스코트는 일어서려다, 숨을 헐떡거리면서 주춤거리며 의자 위에 앉는다. 인턴, 빠른 걸음으로 젤다에게 다가와 손목을 잡는다.)

인턴   무슨 일이죠, 젤다? 왜 그렇게 소리치는 거죠?

젤다   이 벤치 위의 신사양반은 한때 내 남편이었어
요. 난 이이의 아내였구요. 동화 같은 결혼이었
어요. 전설 같은…. 그래요, 자, 이제 전설은 사
라져버렸어요. 저이가 그걸 마지막으로 본 것
같아요. 결혼이란 것의 이상과 그것이 가지는
냉혹한 현실에도 불구하고 무언가 이뤄진 게 있
긴 해요. 저이는 그것이 엄청난 실수였고, 우리
는 만나면서부터 실수투성이였다고 지금 막 시
인했어요. 고통스럽다는 인식, 그렇지만 훌륭한
치료법도 때때로 고통스러운 거죠.

스코트   손목을 놔! 젤다는 당신 소유물이 아냐.

젤다   오, 그래요, 난 한때 이 사람의 소유물이었어
요. 당신의 그 고백을 듣지 못했어요. 아니면, 그
진실을 못 믿으시겠다는 말씀이신가요?

스코트   (전율한다.) 내가 손을 놓으라고 말했소. 명심
해, 당신은 여기 일개 직원이야.

인턴   환자를 돌보기 위해 고용되어 있는 사람입니
다.

젤다   스코트는 농담할 땐 재빠른 사람이었죠.

스코트   손목을 놓으라고 했잖아! 빌어먹을, 손목을

놔! 그렇지 않으면, 당신을 쫓아내 버리겠어.

젤다   우리 둘은 그 누구도 잔인하지 않아요. 하지만, 견딜 수 없을 정도로 서로를 고통스럽게 하고 있어요. 그만둘 수 없어요, 당신?

인턴   면회시간이 거의 끝나갑니다. (일어서서는 물러난다.)

스코트   잠깐만 기다리시오! 당신은 아마도 젤다에게 정신병원에 있는 편이 더 나을 거라고 말해줄 수 있을 거요. 당신은 알고 있잖소, 나야 아는 바 없지만….

젤다   그이를 여기 있으라고 얘기 좀 해주세요….

인턴   직접 얘기해요.

젤다   헐리우드라는 안전하고 햇빛 밝은 숲속에 있잖아요. 위험을 무릅쓰지 않아도 되는….

스코트   오, 더 음산한 곳이요. 난 늘 그런 곳에서 살아왔지.

젤다   아침, 세 시? 다시 생명의 어두운 밤?

스코트   당신을 따라갔지만, 당신은 멀리 가버렸어. 동반자도 없이, 안내자도, 보호자도 없이 말이야.

젤다   오, 붙잡지 않고, 안에 넣고서는 잠궈버렸죠?
태워서 재로 만들어버리려고 했나요?

인턴   젤다!

* 이 대사 부분은 오버랩되면서 급하게 진행됨.

(스코트, 힘없이 주먹을 쥔다.)

스코트   이 여자의 이름은….

젤다   한때 부인이었던.

스코트   아직 F. 스코트 피츠제럴드 부인이지.

젤다   릴리 쉬엘과는 구분되는 경우죠? 기꺼운 모욕
이기 때문에 날 아주 뻔뻔스럽게 내버려 두세요.

인턴   피츠제럴드 씨, 면회시간이 끝나기 전에 가시
는 편이 좋을 것 같은데요, 그리고….

젤다   철문이 닫겨버리죠….

인턴   젤다? (젤다에게 손을 뻗는다.)

젤다   날 만나기 위해 그렇게도 먼 길을 날아온 스
코트가 그렇게 사랑스러울 수가 없어요. 한 중년
신사가 아직도 날 기억하고 있다는 이 기쁨, 이
놀라움. 생각건대, 이건 분명 그의 잊혀진 환상

들 중에서 나만을 오랫동안 기억해 둔 거라구.

수녀들 (문에 서서) 면회시간이 끝났습니다. 문을 닫겠습니다.

스코트 잠시만 시간을 더 주시오. 아니면, 외로운 내 아내와 단둘만 있도록 좀 해주시오.

인턴 좋아요. 잠깐입니다. 당신은 부인을 오히려 괴롭히고 있는 겁니다, 피츠제럴드 씨.

(인턴, 병원 안으로 들어간다.)

젤다 (인턴을 따라가며) 저녁놀이 저렇게 붉게 타오르네….

(스코트, 젤다 앞으로 비틀거리며 간다.)

뭣 때문에 날 따라다니는 거죠?

스코트 당신을 저 문밖으로 데려가려고.

젤다 그 문은 철문이에요. 그리고, 저 사람들이 그냥 놔두지 않을 거예요. 심지어 다시는 날 놔주지 않을지도 몰라요. (젤다, 들어가버린다. 철문,

닫힌다.) 난 더 이상 당신의 소설책이 아니에요. 더 이상 당신의 소설책이 될 수 없다구요. 당신 스스로 새 소설을 쓰라구요!

스코트　(필사적으로 창살 사이로 손을 내밀며) 반지, 자, 이걸 가져. 이 과거의 맹세를….

(젤다, 사라진다.)

그렇지만, 늘 현재라구, 젤다!

(무대, 서서히 어두워지면서 바람이 그의 등을 훑고 있는 것처럼 보인다. 안개가 떠돌 듯 어디에 선가 무대 위로 스며들어온다. 스코트, 무대 아래 쪽으로 돌아선다. 그의 신들린 듯한 눈초리는 분명히 알고 있으면서도, 대답할 수 없는 어떤 조용한 질문을 관객들에게 던지고 있다.)

끝

40년 묵힌 골동작(骨董作)을 캐면서

이런 날이 오는구나. 꿈만 같다. 이 작품은 내 마음의 무대에 40여 년간 하루도 빠짐없이 오른 작품이다. 나의 번역은 서툴지 모르지만, 사람들은 테네시 윌리엄스도, 젤다도, 스코트도 낯설어하지 않을 거라는 희망으로 옮겼다.

『여름 호텔을 위한 의상』은 1980년에 테네시 윌리엄스가 발표한 작품이다. 이 작품을 1982년에 처음 만난 건 대구 미문화원 도서관에서였다. 유진 오닐, 아서 밀러, 테네시 윌리엄스, 닐 사이먼. 샘 쉐퍼드 등 현대 미국 희곡을 열심히 읽던 그즈음, 미문화원 도서관 송선생님의 배려로 장기대출을 받았던 책은 대구미문화원폭발사건으로 영원히 돌려주지 못했다. (대구의 미국문화원은 1992년 대구아메리칸센터로 이름이 바뀌었다가, 1997년 문을 닫았다) 작품이 나오고 3년 뒤, 테네시 윌리엄스도 세상을 떠났다.

마음의 빚 때문인지, 하루 몇 줄이라도 읽고 옮기겠노라며 만지작거리던 그 시절로부터 무심한 세월이 40년이나 지났다. 대구에서 서울로, 캐나다로, 미국으로, 노마드처럼 살았지만 '언젠가는 내가 옮긴다'는 그 첫마음을 잊은 적은 없다. '그새 누가 먼저 번역을 해 버리면 어쩌지' 아슬아슬하게 맘졸이며 지냈다.

언제 나오느냐 물어주는 사람은 아무도 없었지만, 번역을 온전히 마치지 못했으면서도 40년 동안 혼자 우쭐하며 지냈다. 이 작품 안에서 1920년대 재즈시대의 슬픈 주인공들을 '영혼극'으로 만날 수 있었기 때문이었다. 혹 매끄럽지 못하거나 숨은 뜻을 몰라 엉뚱하게 옮긴다 해도, 그것조차 고맙고 개운한 느낌이다. 이제 죄송한 마음은 조금 씻어졌지만, 으스댈 수는 없을 것 같다.

『여름 호텔을 위한 의상』은 국내에 소개되는 테네시 윌리엄스의 작품 연보에도 거의 오르지 못하고, 평단에서도 실종된 안타까운 작품이었다. 피츠제럴드 부부의 비극적 생애가 오롯이 담긴 작품임에도 군데군데 누이인 로즈 윌리엄스의 죽음을 연상시키는 테네시 윌리엄스의 슬픈 가정사가 스며들어 있다. 무릇 모든 작가는 자전적 작품을 반드시 남긴다고 하지 않던가.

테네시 윌리엄스의 마지막 작품인 동시에 그의 유일한

브로드웨이 입성 작품이지만 크게 주목받지는 못했다. 국내에 소개조차 안 되었으니 그 흔한 주례사 비평조차 없었던 작품이다.

테네시 윌리엄스의 작품 중에 한국에서 무대에 올라 대중의 환호를 받은 건 네 작품에 지나지 않는다. 작품이 탄생된 해에서부터 따지면 『유리동물원』(1944)이 32년, 『욕망이라는 이름의 전차』(1947)가 22년, 『뜨거운 양철지붕 위의 고양이』(1955)가 영화개봉 덕택에 4년 만에, 『장미 문신』(1951)이 35년 만에 국내 초연되었다. 이제 『여름 호텔을 위한 의상』(1980)이 F. 스코트 피츠제럴드와 그의 아내 젤다가 보여주는 1920년대 재즈시대의 기억을 소환하며 무대에 오르게 된다면, 국내 연극 팬들은 40년 만에 거장의 작품을 만나게 되는 셈이다.

40년 동안 매만지다 닳아버린 희곡집을 다시 사주며 번역의 마무리를 격려해 준 딸 지윤, 도저히 알 수 없을 것 같았던 관용구의 뜻을 캐 준 아들 경운, '오랜만에 희곡 한 번 만져 보자'며 흔쾌히 출판을 결정해 준 곰곰나루에 고마움을 전한다. 그리고 이 작품을 맨 먼저 만지고 싶다며 기다려 준 연출가 C형, 기획자 L형께도 감사한 마음 그지없다.

2021년 4월 김정학

▌ 지은이 약력 ▌

테네시 윌리엄스 Tennessee Williams

미국의 희곡작가. 1911년 미국 남부 미시시피 주에서 태어났다. 본명은 토머스 래니어 윌리엄스 3세(Thomas Lanier Williams III). 아이오와 대학교에서 영문학을 공부한 뒤 1944년 『유리 동물원』으로 이름을 알렸고, 1947년 『욕망이라는 이름의 전차』로 퓰리처상을 받고 1955년 『뜨거운 양철지붕 위의 고양이』로 다시 퓰리처상을 받으면서 명실공히 유진 오닐 이후 미국 최고의 극작가로 평가받게 되었다. 『여름과 연기』(1948), 『장미 문신』(1951), 『이구아나의 밤』(1961), 『우유 기차는 이제 여기 멈추지 않는다』(1963), 『여름 호텔을 위한 의상』(1980) 등 30편의 희곡을 발표했다. 1983년 2월, 뉴올리언즈의 한 호텔방에서 타계했다.

김정학 옮긴이

1959년 대구 출생으로. 영남대학교 영문학과를 졸업하고, 동대학원에서 미국 현대희곡을 공부했다. 대학 졸업 후, 한국과 미국 등에서 20년간 방송사 프로듀서로 지냈다. 최근 13년간은 영남대학교 천마아트센터 총감독, 국악방송 제작부장 겸 한류정보센터장, 구미시문화예술회관장 등을 거쳤다. 2018년부터 대구교육박물관장으로 재직 중이다. 지은 책으로 『일연선사로 팔만대장경을 본다』(1998), 『박물관에서 무릎을 치다』(2020)가 있으며, 옮긴 작품으로 샌디 바우처의 소설 『숨어 있는 샘(Hidden Spring)』(2010)과 대구시립극단이 2019년 무대에 올린 아서 밀러의 희곡 『크루서블(The Crucible)』이 있다.

CLOTHES FOR A SUMMER HOTEL by Tennessee Williams

This Korean edition was published by GOMGOMNARU in 2021 by
arrangement with THE UNIVERSITY OF THE SOUTH c/o Georges
Borchardt, Inc.
through KCC(Korea Copyright Center Inc.), Seoul.

여름 호텔을 위한 의상 Clothes for a Summer Hotel

초판 1쇄 발행 2021년 5월 10일
초판 2쇄 발행 2021년 11월 20일

지은이 테네시 윌리엄스　**옮긴이** 김정학　**펴낸이** 임현경
책임편집 홍민석　**편집디자인** 육선민

펴낸곳 곰곰나루
출판등록 제2019-000052호 (2019년 9월 24일)
주소 서울특별시 양천구 목동서로 221 굿모닝탑 201동 605호 (목동)
전화 02-2649-0609
팩스 02-798-1131
전자우편 merdian6304@naver.com

ISBN 979-11-968502-3-4 03840

책값 15,000원